FOLIO JUNIOR

HISTOIRE COURTE

Ce texte a été précédemment publié dans la collection « Lecture Junior »
aux éditions Gallimard Jeunesse.

Titre original : *The Fox Busters*
Édition originale publiée par Victor Gollancz Ltd., Londres, 1978

Dick King-Smith

LES LONGS-MUSEAUX

Illustré
par Selçuk Demirel

Traduit de l'anglais
par Pierre de Laubier

FOLIO JUNIOR
GALLIMARD JEUNESSE

L'EMBUSCADE

Un matin d'avril, douze petites poules de la basse-cour de Bois-Renard se livraient à un jeu fort mouvementé. C'était de jeunes poules athlétiques, aux longues pattes, sorties de l'œuf depuis peu, et par conséquent libres d'aller où bon leur semblait car elles n'avaient aucune obligation domestique. En furetant dans la basse-cour, elles tombèrent sur quelque chose de bizarre et d'intéressant. C'était tout simplement un gros bonbon marbré de brun et de blanc, enveloppé dans un papier transparent, que le fermier avait laissé tomber de sa poche en sortant son mouchoir.

Les petites poules ne se rendirent pas compte qu'il s'agissait d'un bonbon et qu'elles auraient pu le manger ; ce qui les attirait c'était la couleur marbrée et la consistance craquante du papier sous leurs premiers coups de bec, elles s'en donnaient donc à cœur joie, tout heureuses de leur trouvaille. Quand l'une d'elles l'avait dans le bec et détalait à travers la cour, les autres se lançaient à sa poursuite. Toutes se démenaient pour s'emparer du trophée, le laissaient tomber par terre, le ramassaient, le projetaient dans les airs, le rattrapaient, se le passaient de bec en bec en poussant des cris d'excitées.

C'était de sacrées filles, pleines de vigueur, pleines d'ardeur, qui tout en jouant ne cessaient de hurler :

– Passe ! Passe ici !

– Derrière ! Passe derrière !

– Faute ! Faute !

– Vite ! Vite ! Bien joué !

Voilà comment elles se bousculaient, se bagarraient, couraient et se poursuivaient, comment elles galopaient sur leurs longues pattes jaunes dans la cour, jusqu'au moment où, fatiguées de ce jeu, elles abandonnèrent le bonbon dans la poussière et descendirent en caquetant vers le grand bassin de pierre.

On ne pouvait rien distinguer sous la surface glauque, si ce n'est un petit objet luisant, à peu près de la taille d'une prune. Mais elles ne le remarquèrent pas.

Certaines s'étaient déjà penchées, le bec ouvert pour boire, quand brusquement jaillit des eaux un vieux renard au museau gris. A l'instant même où il émergea, il saisit le cou tendu du volatile le plus proche et, tout dégoulinant, il traversa la cour en direction de la forêt, au milieu des cris d'effroi et de l'affolement des survivantes.

A la lisière de la forêt, le vieux mâle déposa un instant sa victime, qui gisait sans vie sur le sol, et secoua son pelage roux ; tout son corps s'ébroua, depuis le bout du long museau jusqu'à la pointe de la queue terminée par une touffe blanche. Tournant alors la tête, une patte en l'air, il porta son regard impénétrable vers la ferme de Bois-Renard. Puis il ramassa sa proie et disparut.

UNE COUVÉE EXCEPTIONNELLE

Les renards mangent toutes sortes d'animaux, mais les poules sont leur mets favori et, depuis des siècles, les renards sont les chasseurs et les poulets sont les chassés. Mais à la ferme de Bois-Renard, par une belle journée, une semaine seulement après la mort d'un volatile dans une embuscade tendue par un renard au grand bassin, naquirent des poussins. Des poussins extraordinaires qui étaient destinés, en grandissant, à accomplir des choses extraordinaires dont le résultat serait que les renards, on verra comment, allaient complètement cesser d'aimer le poulet.

Tout commença d'une manière très banale, le jour où l'une des poules de M. Fermier, le fermier, pondit. M. Fermier (c'était son nom, comme il y a des boulangers qui s'appellent Boulanger et des bouchers nommés Boucher) élevait des poules ; en plus des poules, il avait aussi des vaches et des cochons ; et en plus des vaches et des cochons, il avait des renards. C'était bien malgré lui qu'il élevait des renards mais, depuis des années et des années, comme le nom de la ferme l'indiquait, les vallons sablonneux et les bois épais de ce coin de campagne avaient abrité des générations d'amateurs de poulet au long museau, au pied léger, à l'ouïe fine et au pelage roux. Et comme le grand-père et le père de M. Fermier avant lui avaient été, comme lui, un petit peu négligents, un petit peu insouciants, et même un petit peu fainéants, des générations de poules à Bois-Renard avaient dû en tirer une leçon : seules les meilleures survivaient. Si elles avaient eu un poulailler ou un enclos convenable, ou si on les avait enfermées correctement la nuit, elles auraient pu, au fil des ans, rester de grasses commères paresseuses et prospères, heureuses que la captivité leur apporte la sécurité.

Au contraire, les poules de M. Fermier étaient peu à peu devenues très différentes des poules sottes, bavardes et terre à terre qu'on rencontre d'ordinaire. Tout d'abord, toutes avaient le plumage terne, brunâtre ou grisâtre, car au fil des ans les poules blanches, rousses ou tachetées, au plumage brillant, avaient attiré l'œil averti des amateurs de poulet durant leurs attaques diurnes ou leurs expéditions nocturnes. Elles avaient ensuite les pattes plus longues que la normale car, au fil des ans, celles qui n'avaient pas pu courir assez vite au moment crucial n'avaient plus jamais eu l'occasion de courir. En troisième lieu, elles avaient toutes l'esprit vif car, au fil des ans, celles qui erraient d'un air pensif, qui allaient se promener trop loin de la basse-cour ou tardaient à rentrer se coucher n'avaient plus eu l'occasion d'errer, de se promener ou de s'attarder.

Enfin, et c'est le point le plus important, les poules de la ferme de Bois-Renard avaient développé une aptitude que les volailles ne possèdent pas d'habitude : elles volaient, elles volaient pour de bon car, au fil des ans, voler pour de bon était devenu le seul moyen d'échapper aux renards. Il ne servait à rien de se cacher, de courir ni de battre frénétiquement des ailes sur quelques longueurs à moins d'un mètre du sol, ce qui est tout ce que les poules parviennent à faire normalement.

Les poules de Bois-Renard pouvaient vraiment voler sur de longues distances et elles atteignaient sans difficulté une hauteur étonnante, telle que les dix mètres de la montagne de foin, dans le hangar de la ferme – c'était là justement que la plus grise, la plus haute sur pattes et la plus maligne de toutes allait se percher après quelques battements puissants de ses longues ailes gracieuses. Après un coup d'œil circulaire d'inspection, elle se blottissait dans un trou confortable entre deux bottes de foin.

Voilà où elle avait fait son nid, qui contenait onze œufs auxquels elle ajouta un douzième. Trois semaines plus tard, avec un peu de chance, une douzaine d'œufs ordinaires, bruns et de taille moyenne, devaient éclore. C'est ce qui arriva. Mais ce ne fut pas une couvée ordinaire.

Les trois sœurs

Leur mère, dont le nom était Spillers, considéra dans un premier temps les poussins à peine éclos, qui étaient tous de la couleur kaki des chemises militaires, comme une couvée ordinaire. C'est le moment d'expliquer que les poules de la ferme de Bois-Renard, grâce à leur intelligence hors du commun, avaient la faculté de reconnaître et même de lire toutes sortes de documents écrits qu'on trouvait un peu partout à la ferme, dans la cour, dans les bâtiments et dans les champs. Quand elles parlaient entre elles le langage des poules, elles se servaient de ces mots ou de morceaux de phrases (certains documents étaient en effet trop longs pour servir tels quels) pour s'en faire des noms ; elles les trouvaient sur des paquets de gâteaux, des sacs de grain ou d'engrais, sur les plaques des tracteurs, les machines agricoles ou les modes d'emploi.

C'est ainsi que, dans la cour, on voyait picorer de concert Fisons et Alpha-Laval, Citroën et Renault ou Défense d'Entrer et Réserve-de-Chasse. Fullwood et International-Harvester pouvaient être voisines de nid, ou David-Brown et John-Deere caqueter du haut de la même barrière. Plusieurs poules (et plusieurs poulets, car les noms servaient indifféremment pour les mâles et les femelles) portaient le nom de Sulfate qui figurait sur de nombreux sacs en plastique.

Le mari de la dénommée Spillers, et par conséquent le père des nouveau-nés, était un coq particulièrement doué qui portait le noble nom de Massey-Harris ; s'il était doué, c'était dans l'art durement appris d'échapper aux longs-museaux amateurs de poulet, afin de survivre et de laisser une descendance à son image. Comme sa femme Spillers, il possédait à un haut degré les qualités des volailles de Bois-Renard. Il se campait tout droit sur ses pattes

vigoureuses ; de chaque côté de sa tête, qu'il tournait sans cesse pour observer ce qui se passait autour de lui, s'ouvraient de larges yeux perçants, et les plumes brunes de ses ailes puissantes, ainsi que celles de sa superbe queue qui lui servait de balancier en vol, étaient les plus longues et les plus solides de toute la basse-cour.

Curieusement, le mari et la femme n'avaient pas le même caractère. Il était impulsif et audacieux, elle était prudente et réfléchie ; il aimait lancer des cocoricos triomphaux, elle élaborait ses projets en silence ; il était démonstratif, elle était réservée.

Ils différaient aussi par leurs habitudes. Par exemple, l'un des aliments que M. Fermier donnait à son bétail était une mixture de grain

fermenté qu'un camion apportait et déversait en gros tas ; ce grain était le résidu de l'orge de malt dont les brasseurs se servent pour faire la bière, et la plupart des mâles adultes de la basse-cour aimaient, à midi ou le soir, se remplir le jabot de cette substance brune et humide. Cela les rendait plus bruyants et plus amicaux – ou parfois beaucoup moins amicaux – que d'habitude. Ils se sentaient ainsi supérieurs et pleins d'assurance ; ils en oubliaient leurs soucis et cela leur donnait un prétexte pour échapper un peu à leur femme (car les femelles n'étaient pas en général les bienvenues du côté du tas de grain), aux fatigantes tâches domestiques et aux incessantes mondanités qui donnaient lieu à d'interminables bavardages à propos de la couvaison, de l'éclosion et de l'éducation des poussins. En un mot, ils avaient l'impression de faire partie du même club, et presque chaque jour Massey-Harris disait à sa femme :

– Bon, je vais casser une graine ou deux avec les copains, chérie. Juste un demi-jabot. J'ai un petit creux. Je ne rentrerai pas tard.

Mais il rentrait presque toujours tard et parfois, s'il était trop bruyant ou qu'il faisait le fier, il avait affaire à sa femme.

La vie de Spillers, au contraire, était consacrée à sa famille : ses poussins étaient tout pour elle. Elle tirait une fierté sans borne de ses couvées et, de plus, elle était très soignée de sa personne, jamais une plume de travers. Économe de mots, ce qu'elle disait était toujours pertinent, et lorsqu'elle prenait une décision ou donnait un ordre, personne ne discutait. A voir cette poule stricte, compétente et posée, il était impossible de deviner l'amour qu'elle portait à son gros fanfaron de mari, si bavard et si noceur.

Leurs manières de parler étaient aussi bien différentes. Spillers aimait nourrir ses enfants d'aphorismes qu'elle répétait année après année à ses nombreuses couvées, si bien qu'ils avaient fini par faire partie du langage des poules. On disait aux poussins entêtés : « L'insouciance est cause de soucis » ; aux poussins pusillanimes : « A cœur vaillant, rien d'impossible ! » et aux poussins turbulents que « tout ça finira dans les larmes ». On apprenait aux petits gloutons à ne pas parler le jabot plein et on menaçait les poussins qui disaient des gros mots de leur frotter le bec avec du savon noir. On n'encourageait pas le gaspillage (« Il y a plus d'un moineau affamé qui serait bien content d'avoir ce grain de blé »), et les poussins de Spillers devaient finir leur blé avant d'avoir leurs granulés. L'une de ses maximes favorites était (cela n'étonnera personne) : « Maman a toujours raison. »

Massey-Harris avait aussi un côté sermonneur, mais ses remarques étaient d'ordre plus général, moins pratiques que celles de sa femme. Quand on entendait un jeune poulet de Bois-Renard déclarer, par exemple, que les seuls bons renards étaient les renards morts, on pouvait être sûr que c'était un rejeton de Massey-Harris. Cependant, ses fils appréciaient moins certaines des maximes favorites de leur père que d'autres ; il avait tendance à critiquer leur façon de voler (« Les ailes ne sont plus ce qu'elles étaient »), leurs manières (« Moi, j'ai toujours appelé mon père : Père »), et leur allure (« Les jeunes poulets ébouriffés d'aujourd'hui »). Il pouvait se montrer très pontifiant, et il avait une très haute opinion de lui-même ; ainsi se présentait-il toujours comme un modèle lorsqu'il prêchait les bonnes manières et le goût de l'effort, et plus d'un fils de Massey-Harris disait en s'amusant à l'imiter (loin de l'oreille paternelle) : « Je n'aurais pas fait mieux moi-même. »

Le jour de cette fameuse éclosion, Massey-Harris s'envola de la plate-forme de l'énorme moissonneuse-batteuse rouge, dont il avait pris le nom, en direction du nid de Spillers. Là, il se mit à planer comme une buse (encore une discipline dans laquelle les poules de M. Fermier excellaient) et lança à sa femme :

– Alors ?

– Douze sur douze, chéri, répondit-elle.

Et Massey-Harris, au cri de « Victoire ! », exécuta une boucle triomphale au-dessus du toit du hangar avant de se laisser glisser jusqu'au nid pour inspecter ses nouveaux enfants. La mère se leva et lui fit de la place.

– Je dois dire, dit-elle avec un soupir de satisfaction, que j'aime voir éclore tous les œufs. Cela me rend triste quand un poussin est trop faible pour sortir ou, pire encore, quand il y a une coquille vide.

– Je ne me souviens pas que ce soit arrivé dans une seule de tes couvées, chère amie, dit Massey-Harris d'une voix forte (parce qu'il aimait parler fort) et fière (parce qu'il savait qu'il n'y avait pas, dans toute la basse-cour, de nid aussi bien tenu que celui de sa chère Spillers).

D'ailleurs, elle avait déjà repoussé les coquilles brisées sur le côté du joli nid rond comme une soucoupe, et les nouveau-nés étaient impeccablement alignés, prêts pour l'inspection paternelle. Comme à chaque fois, en se penchant au-dessus des douze boules de duvet jaune, il oublia son rôle de mâle superbe.

– De quoi sont faites les petites poules ? dit-il doucement. De larves, d'insectes et de bonnes choses de ce genre. Voilà de quoi sont faites les petites poules. De quoi sont faits les petits poulets ? ajouta-t-il doucement. De limaces, d'escargots et de queues de têtards. Voilà de quoi sont faits les petits poulets.

Reprenant son ton claironnant, il continua :

– Voici une petite troupe de belle apparence, ma chère. Je n'aurais pas fait mieux... Euh, je veux dire que tout le mérite t'en revient. Tu dois être contente que ce soit fini.

– Oui, confirma la poule. Quand on reste trois semaines assis sans bouger, le temps ne passe pas vite. Et rends-toi compte que c'est aussi dans trois semaines qu'ils commenceront à voler !

A peine avait-elle prononcé ces mots qu'il se produisit la chose la plus extraordinaire du monde. L'un des poussins tout juste éclos se mit debout dans le nid, fit deux ou trois petits pas pour s'éloigner de ses frères et sœurs... et se mit à voler ! Certes, il ne prit pas son vol pour de bon : il s'éleva d'à peine cinquante centimètres et, après avoir survolé une demi-douzaine de bottes, il atterrit tant bien que mal au milieu du foin. Mais, incontestablement, ce poussin d'un jour avait volé ; et peu après il effectua son vol de retour et atterrit, plus en douceur cette fois, dans le nid.

Le père et la mère regardèrent ce prodige bec bé.

– Tu as vu ça ? dit Spillers en examinant la petite chose avec attention. Croyais-tu possible d'avoir les ailes si développées à cet âge ?

– En effet, en effet, dit Massey-Harris. Elles sont bien plus larges et bien plus longues que la normale.

– Et regarde, reprit Spillers, elles ne sont pas couvertes de duvet comme celles des poussins de quelques jours, elles ont de minuscules plumes déjà formées.

Après avoir examiné les occupants du nid avec une agitation croissante, les parents découvrirent que, si neuf des nouveau-nés ne présentaient aucun signe particulier, il y en avait deux autres qui, comme le premier poussin prodige, possédaient des ailes plus développées que la moyenne. Ils exécutèrent, eux aussi, de courts vols circulaires, aussi étonnants quoique peut-être moins vigoureux, au-dessus des bottes de foin.

Lorsque, les semaines passant, les neuf autres poussins comme les trois petits prodiges commencèrent à voler jusqu'au sol, où ils picoraient et fourrageaient, avant de regagner le sommet de la montagne de foin avec la même aisance qu'une volée de moineaux, les dons exceptionnels des trois surdoués se manifestèrent avec encore plus d'évidence. Ils volaient plus vite, plus haut et plus loin que leurs frères et sœurs ; et bientôt, en comparant la croissance des crêtes et la disposition des plumes, Spillers et Massey-Harris se rendirent compte que neuf de leurs douze poussins étaient des poulets et trois, les trois surdoués, de petites poules.

Ces trois sœurs, encore toutes petites, encore inconnues, mais déjà dotées d'aptitudes étonnantes, étaient appelées à devenir de véritables héroïnes de légende pour les générations futures de la ferme de Bois-Renard. Dans les années à venir, chaque poule raconterait à chacune de ses couvées les exploits qu'elles étaient destinées à accomplir. Et plus encore, chaque renarde les raconterait à chaque portée de renardeaux, dans les vallons sablonneux et les bois épais de ce coin de campagne.

La Terreur des Goupils, c'était elles.

De l'autre côté

Pendant ce temps, la vie des renards suivait son cours. Ils se nourrissaient, ainsi que les renardeaux, du mieux qu'ils pouvaient – mais par les temps qui couraient, ils se régalaient rarement de poulet. Et, malgré leur santé florissante, les renards n'en rêvaient pas moins au goût du poulet encore chaud mais ils savaient combien il était difficile de satisfaire ce désir. D'abord, les autres paysans du canton gardaient leurs volailles bien à l'abri dans des poulaillers ou dans des élevages en batterie, ce qui ne laissait aucune chance aux renards. D'autre part, les occasions qui se présentaient à la ferme de Bois-Renard se faisaient de plus en plus rares, à cause bien entendu de l'aptitude des poules à s'échapper par la voie des airs.

C'est pourquoi les longs-museaux amateurs de poulet se mirent à multiplier leurs attaques diurnes et leurs expéditions nocturnes et, comme cela arrive à force de persévérance, ils firent quelques bonnes prises. Quelles que fussent les aptitudes au vol des poules de Bois-Renard, il fallait bien qu'elles mangent et qu'elles boivent durant la journée ; beaucoup buvaient l'eau des gouttières, mais elles devaient forcément regagner le sol pour trouver du grain, de la bouillie ou des granulés.

C'est ainsi qu'une vieille poule du nom de Gascoigne fut enlevée au beau milieu de son petit déjeuner par un long-museau qui, s'étant introduit dans la cour à la faveur des dernières ombres de la nuit, s'était caché dans un bouquet d'ail sauvage en bordure de l'endroit où M. Fermier avait l'habitude de jeter les épis de maïs décortiqués ; certes, le renard risquait d'éveiller l'attention des chiens de la ferme, mais le parfum de l'ail masquait sa forte odeur.

L'une des Fordson réagit une seconde trop tard et fut happée en plein vol par un renardeau particulièrement rapide. Une fois même, une renarde maigre et entreprenante parvint à grimper la nuit au sommet d'une vieille meule et eut une certaine Alpha-Laval qui couvait sept poussins. La renarde fit sept bouchées des poussins, redescendit, et s'échappa, la poule sur l'échine.

Mais, dans l'ensemble, les nombreux renards que la ferme de Bois-Renard abritait malgré elle manquaient cruellement de leur mets favori. La plupart des jeunes n'avaient jamais goûté de poulet et ils écoutaient, l'œil envieux et les babines humides, les histoires que racontaient les anciens de la meute, histoires qu'ils tenaient de leurs arrière-arrière-grands-pères, histoires de ces temps lointains où les poules de Bois-Renard étaient aussi faciles à croquer que n'importe quelles autres. En ces temps-là, un renard pouvait

se lancer au milieu d'un attroupement de poules d'une blancheur immaculée, courtes sur pattes et nonchalantes, tordre le cou à une douzaine de ces écervelées, laisser les corps s'affaler dans un ultime battement d'ailes et décamper, juste pour le plaisir ! Il ne se souciait même pas d'en emporter une, racontaient les anciens – il avait probablement mangé assez de poulet pour en être dégoûté.

– Dégoûté ! s'écria un renardeau. Pas possible !

– Imagine des poules qui ne volent pas ! ajouta un autre. Ça doit être un jeu d'enfant de les attraper.

– Les doigts dans la truffe, dit une vieille renarde.

– Il est devenu impossible de faire un repas d'œufs ou de poussins, soupira un autre museau gris, avec toutes ces satanées poules qui volent et tous ces nids haut perchés !

– Oh, des œufs, des œufs ! sanglota un renard. Leur percer la coquille et les gober !

– Des poussins, des poussins ! gémit un autre. De petites boules tendres et tièdes !

– Ces têtes succulentes ! pleura un troisième. On les croque. On les savoure.

Le doyen des renards lui-même finit par sortir de son silence :

– La chair palpitante ! dit-il dans un souffle. Les bonnes tranches de chair palpitante ! La viande palpitante, c'est la meilleure.

A la fin de la journée, rendus fous par ces récits qui leur mettaient l'eau à la bouche, obsédés par un ardent désir de goûter à cette nourriture divine dont leurs aînés leur parlaient, une équipe de jeunes renards intrépides résolut de passer à l'action. Ils étaient quatre, deux frères et deux sœurs de la même portée, dont le père était le plus rusé et la mère la plus agile de tous les renards qui peuplaient les vallons sablonneux et les bois épais de ce coin de campagne. Et, au moment même où les trois sœurs de la couvée prodige atteignaient l'âge de quatre mois, ces jeunes renards rassemblèrent leurs longs museaux et se mirent à échafauder des plans.

Les aviateurs

À la basse-cour de Bois-Renard, choisir un nom aux poussins était à chaque fois tout une affaire qui exigeait des parents mûre réflexion, ainsi que de longues et attentives observations au cours de leurs déplacements dans la ferme. Par exemple, M. Fermier n'aurait-il pas acheté une nouvelle machine qui porterait un nom encore inconnu ? N'aurait-il pas changé de marque de farine pour bétail, entreposé de nouveaux engrais ou placardé de nouveaux avis ?

Spillers et Massey-Harris avaient accordé une grande attention au choix des noms de leur dernière couvée ou, plus exactement, ils étaient tombés d'accord, sans s'être concertés, que n'importe quel nom reconnu et respecté – Bamford, Sulfate,

Crosfield, Défense d'Entrer – ferait l'affaire pour les petits poulets, mais que les trois petites poulettes, de par leurs dons exceptionnels, méritaient des noms que personne n'avait jamais portés, des noms complètement différents, aussi extraordinaires que les trois sœurs elles-mêmes.

C'est donc avec un vif plaisir que, par une belle matinée, Massey-Harris trouva exactement ce qu'il fallait. Après s'être levé tôt, c'est-à-dire à son propre chant, il décolla de son perchoir personnel, la poutre maîtresse de la charpente de la vaste grange, franchit la haute porte à double battant et, passant au-dessus des bâtiments blottis les uns contre les autres, il se dirigea vers un pin d'Écosse qui se dressait tout seul dans l'enclos. C'est des hautes branches de cet arbre vénérable et absolument inaccessible aux renards qu'il avait coutume de lancer chaque matin un cri de défi à tous les longs-museaux, proches ou lointains. Puis il s'y lissait les plumes et scrutait les environs, au cas où un danger serait à signaler.

Ce matin-là, au moment où son trajet le fit passer, comme toujours, au-dessus d'un épais bouquet d'orties à mi-chemin entre la haie de clôture et le pin, son œil exercé aperçut quelque chose d'inhabituel au milieu de la végétation. Planant immobile comme un faucon à trois mètres du sol, Massey-Harris vit une famille de lapins prendre soudain la fuite devant un long objet de métal rouillé qu'il n'avait jamais remarqué jusqu'alors parce que c'était la première fois qu'il planait à cet endroit-là. Rassuré par la présence des lapins hors de leurs terriers, ce qui garantissait plus ou moins l'absence de renard, étant donné que le massif d'orties n'était pas plus grand qu'une table de billard, il se laissa descendre doucement jusqu'à l'objet rouillé et se retrouva perché sur la flèche d'une charrue à cheval abandonnée depuis longtemps.

Or, il se trouva que la plaque de métal marquée du nom des fabricants se trouvait à l'endroit précis où il s'était posé. Rapidement, car ce n'était pas un endroit où s'attarder, le grand coq s'attaqua à coups de bec à la rouille et à la boue qui couvraient la plaque, et fit bientôt apparaître des lettres.

D'abord, il n'y comprit rien, avant de se rendre compte que, de son perchoir, il voyait les lettres à l'envers et, d'un petit saut il se posa au milieu du buisson d'orties. Il se retourna face à l'inscription et lut : « Ransome, Sims & Jefferies ». Il eut la révélation que ces noms, que personne n'avait encore portés à la basse-cour de Bois-Renard, étaient prédestinés (peut-être était-ce là un signe de Chantecler, le dieu des volailles) tout spécialement aux trois poulettes surdouées. Avec un cri de triomphe qui ressemblait à un « Eurêka ! », Massey-Harris s'élança dans les airs comme un oiseau mécanique et fila à tire-d'aile annoncer la nouvelle à sa compagne.

Spillers se répéta les noms plusieurs fois.

– Oui. Ça me plaît, conclut-elle. De plus, ils conviennent tous parfaitement.

– Je ne te suis pas, dit Massey-Harris.

– Eh bien ! Celle qui a pris son envol la première le jour de leur éclosion, c'est celle qui vole le plus vite et le plus vigoureusement des trois et, quand elles jouent, c'est toujours elle qui mène la danse. R comme Résolue, R comme Ransome. L'une des deux autres a l'air intelligent et sérieux, l'autre est plus joyeuse, toujours prête à rire. S comme Sérieuse, S comme Sims, J comme Joyeuse, J comme Jefferies. Tu saisis ?

– Ah, très bien, très bien ! s'écria Massey-Harris. Je n'aurais pas fait mieux moi-même.

– Non, dit Spillers.

C'est ainsi que les trois petites poules, jusqu'alors dépourvues de nom (leurs frères avaient déjà été baptisés), en reçurent un. L'honneur et le privilège d'être les premières à porter des noms si superbes mit Ransome, Sims et Jefferies dans un état de grande excitation et, tout à leur joie et à leur fierté, elles entreprirent d'offrir à leurs parents une démonstration d'acrobaties aériennes qu'elles seules, grâce au développement précoce de leurs ailes, étaient capables d'accomplir.

Elles décollèrent d'abord ensemble de la poutre faîtière de la maison où elles se trouvaient par hasard au retour de leur père, et, en formation serrée, elles firent le tour de la cour à grande vitesse. Puis, proches à se toucher le bout des ailes, elles traversèrent la laiterie d'une fenêtre à l'autre, effrayant les quatre vaches frisonnes qu'on était en train de traire et qui meuglèrent, ruèrent et renversèrent les seaux. Ensuite, poursuivies par les cris furieux de M. Fermier, elles virèrent à l'angle du bâtiment, semant la panique parmi le reste du bétail.

Elles foncèrent vers la porcherie, qu'elles rasèrent, vives comme l'éclair, aussi rapides que des pigeons ramiers, dans un concert de cris d'effroi et de grognements de colère.

Ransome en tête, suivie de Jefferies puis de Sims apparurent l'une derrière l'autre et émergèrent du hangar, effectuant une belle courbe au-dessus du faîte, démonstration parfaite de vol renversé.

Puis, en formation en V (Ransome précédant les autres d'une demi-longueur), elles se laissèrent descendre et rasèrent la surface de la mare, tournèrent en spirale vertigineuse autour du haut silo à grain et, toujours en spirale, comme des mouettes dans un courant ascendant, elles montèrent, montèrent, jusqu'au moment où, aux yeux des spectateurs posés sur le toit, elles ne furent plus que trois petits points dans le ciel bleu clair.

Alors vint le clou du spectacle. Quand Ransome, Sims et Jefferies eurent atteint une altitude d'une trentaine de mètres, elles se laissèrent soudain chuter l'une après l'autre à intervalles réguliers, avec un effet théâtral, et plongèrent en piqué presque vertical, semblables à trois faucons pèlerins. Leur bec aigu serré, leur long cou tendu, leurs ailes puissantes repliées le long du corps, leurs pattes vigoureuses rétractées, elles fondaient vers le sol.

Ce fut le hasard qui désigna leur cible : l'un des chiens de la ferme, vaquant à ses occupations, trottinait sans penser à rien vers sa niche mais, manque de chance pour lui, son pelage noir et blanc, se détachant sur la pelouse verte, attira l'attention des trois terribles volatiles.

Les spectateurs, sur le toit de la maison, le virent s'arrêter, regarder en l'air et s'aplatir dans l'herbe avec un gémissement de

terreur au moment où Ransome, Sims et Jefferies freinaient d'un brusque coup d'ailes et se redressaient dans un vrombissement de plumes à moins de cinquante centimètres de la forme aplatie.

Sims la Sérieuse abandonna la poursuite, survola tranquillement la maison et se laissa descendre en vol plané jusqu'à sa famille, sur le toit, où elle exécuta un atterrissage dans les règles.

Jefferies la Joyeuse se retourna sur elle-même à la manière d'un corbeau, en quittant la formation, et fit une série de sauts périlleux rapides avant d'atterrir au milieu de ses frères, caquetant et gloussant d'allégresse après cette partie de plaisir.

Mais Ransome la Résolue n'en avait pas terminé. Frôlant le chien, elle avait entamé une large boucle qui l'avait amenée à vingt ou vingt-cinq mètres de haut, et dont la courbe descendante l'avait mise dans l'exact alignement du colley qui courait à toutes jambes se mettre à l'abri dans sa niche. Il avait beau courir vite, elle volait plus vite encore. Au portail, elle était à quarante mètres derrière lui. Au grand bassin de pierre, à trente mètres. Au hangar qui dominait le poulailler, à dix mètres. Et au moment où il s'engouffrait dans l'obscurité de sa niche douillettement garnie de paille, la poule pinça le bout de queue touffue qui dépassait encore.

Majestueusement, assurée de sa maîtrise totale du ciel, Ransome s'éloigna à grands coups d'ailes, prit de l'altitude, décrivit un cercle, s'inclina sur l'aile, redescendit et, déployant son envergure comme un aigle, se laissa planer jusqu'à la poutre faîtière de la ferme. Aussi légère qu'une plume, elle se posa exactement entre sa mère, qui taisait sa fierté, et son père, qui ne put la contenir :

– Eh, bien joué ! s'écria-t-il. Bien joué, Ransome ! Bien joué, vous toutes ! Fantastique ! Formidable ! Fabuleux !

Puis il dit à sa femme :

– Quel spectacle, ma chère ! Je n'aurais pas fait mieux moi-même !

– Non, dit Spillers.

– J'ai surtout aimé leur attaque en piqué contre le chien, clama Massey-Harris.

– Et si ç'avait été un long-museau... ? fit Spillers, pensive.

Le grand raid : le plan

Les quatre jeunes renards, bien décidés, comme on l'a dit, à agir pour remédier au malheur de n'avoir jamais mangé de poulet, commencèrent par faire des tentatives qui, de l'avis de leurs aînés, étaient vouées à l'échec. Certes, ils y mirent plus d'ardeur que les renards plus âgés car ces derniers, s'étant plus ou moins résignés au fait que les poules de Bois-Renard étaient des proies inaccessibles, se contentaient de lapins, de mulots, de souris et de campagnols.

Au début, leurs efforts restèrent vains. Ils rôdèrent chaque nuit dans la basse-cour, patrouillant en silence ou tendant de furtives embuscades, dédaignant toute autre proie tant le désir de prendre une poule les obsédait. Mais ils en furent pour leurs frais car les poules, sur le qui-vive depuis que la menace des longs-museaux se précisait, se perchaient dans les lieux les plus sûrs, très en hauteur.

Les quatre jeunes chasseurs firent même des incursions en plein jour, des attaques éclairs en

solitaire ou deux par deux. Un jour, ils foncèrent même à quatre de front, en glapissant tous crocs dehors, au mépris des chiens de la ferme et du fusil du fermier, dans l'espoir de semer la panique dans la basse-cour, mais ils durent vite reconnaître que l'aptitude au vol des adultes comme des jeunes rendait vains les efforts les plus acharnés. Bien entendu, les poussins étaient à l'abri dans des nids placés en hauteur.

Enfin, après plusieurs semaines d'essais infructueux, parmi lesquels une tentative avortée de répéter le vieux coup de l'embuscade sous-marine, les jeunes renards en arrivèrent à la conclusion qu'il était nécessaire de bien réfléchir et de dresser un plan sérieux. Un soir qu'ils étaient étendus au creux d'un vallon herbu, à bâiller en chassant les mouches qui les assaillaient, prêts à s'assoupir, l'un d'eux se dressa sur son séant et déclara :

– Une question. Qu'est-ce qui fait que nous n'arrivons pas à prendre une poule de Bois-Renard ?

– Eh, c'est évident ! répliqua son frère. Elles volent trop bien.

– Et pourquoi ça ?

– Parce qu'elles ont de fichues grandes ailes, tiens ! En voilà une question !

– Désolé, dit le premier qui avait parlé. Mais il faut à tout prix que je trouve un moyen de les attraper.

Les deux renardes avaient écouté en silence leurs frères parler. Elles se levèrent soudain toutes deux face à face, comme des ressorts, l'oreille dressée, l'œil vert et brillant.

– Imagine..., dit la première, imagine seulement... qu'elles ne puissent pas voler, ou du moins qu'elles ne puissent voler ni très loin ni bien haut...

– Oui, renchérit sa sœur en bondissant sur ses

pattes. Et que nous puissions tous quatre sauter aussi haut qu'elles (mettons jusqu'à un mètre cinquante, un mètre quatre-vingts, nous en sommes tous capables) et les affoler, et les épuiser, et les abattre...

– Et les manger, les manger, les manger ! glapirent les deux sœurs en chœur.

– Mais où pourrait-on faire ça ? s'écrièrent les deux jeunes mâles, gagnés par l'enthousiasme de leurs sœurs.

– Eh, dans le fruitier, tiens ! s'écrièrent les renardes.

– Le fruitier ! Le fruitier ! Le fruitier ! se mirent-ils à glapir tous les quatre, si fort que là-bas les poules, qui commençaient à gagner leurs perchoirs pour la nuit, s'arrêtèrent, le cou tendu, pour écouter avec étonnement cet étrange chœur de longs-museaux.

Maintenant qu'ils avaient rempli la première condition du succès (la réflexion), les chasseurs se mirent sérieusement à dresser un plan ; et voici le détail des opérations tel qu'ils le définirent à l'issue d'une longue discussion fiévreuse. Un jardin entouré d'un mur flanquait la maison de M. Fermier, et celui-ci négligeait depuis longtemps d'en fermer le portail puisque ses poules pouvaient voler par-dessus le haut mur pour déguster ses légumes à leur guise.

Et, à l'intérieur du jardin, il y avait un fruitier à peu près de la taille d'une grande pièce, hermétiquement fermé, même pour les poules, et dans lequel le fermier faisait pousser des fraises, dont il était particulièrement friand. Le fruitier était fait de robustes montants de pin entre lesquels on avait tendu un grillage aux mailles si serrées que même un moineau n'aurait pu les franchir ; le toit était fait de même, et la porte grillagée était fort solide. M. Fermier, comme ses ancêtres, était de petite taille, si bien que le fruitier n'avait pas plus d'un mètre soixante-dix de haut. Les chasseurs en avaient conclu que c'était le piège parfait.

Ils se trouvaient face à trois problèmes principaux. Primo, il leur fallait attirer les poules dans le jardin puis dans le fruitier ; secundo, les y maintenir assez longtemps pour en tuer le plus possible car, bien qu'ils fussent conscients qu'il leur serait impossible d'en emporter plus d'une chacun, leur longue série d'échecs passés les avait mis dans une rage telle qu'ils auraient tordu le cou avec délice à n'importe quel volatile de la basse-cour : poulet, poulette ou poussin ; tertio, il leur fallait se ménager une échappatoire après le carnage. Gardant ces considérations à l'esprit, les quatre jeunes renards dressèrent un plan avec le plus grand soin et décidèrent de le mettre à exécution la semaine suivante.

Le grand raid : l'exécution

Sept jours plus tard, les poules de Bois-Renard s'éveillèrent au chant de Massey-Harris et de sa famille. S'étirant et se lissant les plumes, elles s'apprêtèrent à picorer un petit en-cas avant que le fermier, ayant trait ses vaches, vienne leur distribuer le blé et les granulés.

Cela faisait quelque temps qu'aucune poule n'était tombée entre les pattes des longs-museaux, et c'est presque avec amusement qu'elles avaient considéré les vaines tentatives des jeunes renards, si manifestement dépourvus d'expérience. Les poules de Bois-Renard étaient peut-être un peu trop insouciantes et, quand une douzaine d'entre elles quittèrent leurs perchoirs pour s'abattre sur un carré de terrain tout proche de la porte du jardin clos, elles n'eurent pas la réaction qu'on était en droit d'attendre d'elles à la vue de plusieurs belles fraises sur le sol. C'est-à-dire qu'au lieu de faire montre de prudence, elles se livrèrent aveuglément à leur gourmandise.

Toutes les poules de Bois-Renard, bien entendu, ne se valaient pas. Certaines, à cause de leur milieu familial autant que de leur manque d'entraînement, étaient moins réfléchies, moins prudentes, et par conséquent promises à une vie moins longue que d'autres. Dans ce groupe d'imprudentes, six douces écervelées suivirent la piste de fraises, qui menait au portail du jardin clos, avec une excitation telle qu'elles entraînèrent à leur suite leurs compagnes plus raisonnables ; et, bien entendu, bientôt attirées par les caquètements de surprise et de plaisir, d'autres encore se posèrent près du portail et suivirent le mouvement.

La piste de fraises (il y en avait une tous les mètres, ce qui était assez pour faire avancer les plus gourmandes qui attiraient les autres dans leur sillage) menait, entre les plates-bandes, droit à la porte grillagée du fruitier. Et quand les premières atteignirent la porte, elles virent quelque chose qu'elles n'avaient jamais vu : elle était grande ouverte !

Conformément au plan qu'ils avaient scrupuleusement mis au point, les quatre renards s'étaient introduits à la faveur de la nuit noire. Ils étaient arrivés contre le vent, d'un pas lent et régulier, attentifs à ne pas éveiller l'attention. Le portail du jardin était ouvert, comme d'habitude, et quatre ombres basses avaient longé les plates-bandes jusqu'à la porte du fruitier.

L'une des deux femelles, dressée sur ses pattes arrière, était parvenue, après plusieurs tentatives, à ôter le crochet à l'aide de son long museau, puis elle avait poussé la porte d'un coup de patte. Ensuite, à la lueur incertaine de la lune, ils s'étaient mis tous les quatre à choisir avec méthode les fraises les plus grosses. Puis l'un après l'autre, ayant pris dans leur gueule une fraise à la fois, ils les avaient déposées sur le sol pour tracer une piste.

A présent, quatre heures plus tard, ils étaient tapis dans une cachette sûre. Contre un mur du jardin, le fermier avait installé une serre derrière laquelle se trouvait une vieille table massive qui venait de la cuisine de son grand-père ; elle disparaissait maintenant sous les pots de fleurs de toutes formes et de toutes tailles. C'est sous cette table que se trouvaient les quatre chasseurs. Le vent de la nuit avait chassé du fruitier la puissante odeur des renards, et maintenant la brise était tombée et l'air était pur. Aplatis contre le sol, ils regardaient les premières gloutonnes atteindre la porte du fruitier.

Mais, à ce moment, les poules eurent un temps d'hésitation ; voir ouverte précisément cette porte qu'elles savaient être toujours fermée éveilla un instant leur méfiance. Cependant, poussées par une gourmandise que la vue des plants de fraisiers décuplait et bousculées par celles qui se pressaient derrière elles, les premières entrèrent dans le fruitier et se jetèrent sur les fruits juteux.

Une vieille poule du nom de Ferguson poussa un cri strident à la vue d'un tel festin :

– Venez, c'est magnifique !

Et il y eut bientôt vingt-cinq poules et une demi-douzaine de coqs, peut-être le quart de la basse-cour, pour se servir et se goinfrer dans le fruitier.

A l'exception des poules couveuses, presque tout le reste de la basse-cour de Bois-Renard, y compris bien entendu Massey-Harris, Spillers et leurs douze enfants, s'était approché pour connaître la raison de cette agitation, et s'était

perché le long du mur comme les spectateurs d'un match de football.

Personne ne savait vraiment quoi faire, car tout ce remue-ménage endormait leur méfiance naturelle, et certains étaient sur le point de descendre se joindre à ce joyeux désordre quand soudain, vifs et silencieux, les renards surgirent de derrière la serre.

L'un des mâles courut à la porte du jardin faire le guet au cas où le fermier ou les chiens arriveraient, et les trois autres foncèrent droit au fruitier ; les deux femelles se ruèrent au milieu de la joyeuse assemblée tandis que le second mâle se postait à l'entrée, prêt à faire un sort aux poules qui tenteraient de fuir.

La suite fut vraiment effrayante. Elle outrepassa les rêves les plus sauvages des chasseurs et les cauchemars les plus effroyables des victimes. Prisonnières de l'espace réduit de ce piège infernal et exposées aux attaques d'une meute de démons furieux aux crocs écumants, les infortunées mangeuses de fraises perdirent tout ce qui leur restait de bon sens si durement acquis. Privées des avantages de leur aptitude au vol, elles s'agitaient maladroitement au milieu des plants, se bousculaient et finissaient entre les mâchoires des prédateurs.

Trois minutes plus tard, sous les yeux horrifiés des spectateurs perchés sur le mur, le fruitier était jonché de poules mortes ou mourantes. Le guetteur avait donné l'alerte d'un bref jappement, s'était précipité pour prélever sa part puis, les

quatre renards, redressant leur tête rousse pour traîner leur proie, avaient quitté le fruitier, puis le jardin, puis la ferme, et avaient disparu avant que le fermier qui sortait de la laiterie et les chiens de leurs niches fussent à mi-chemin de l'endroit du carnage.

Et quel carnage ! Sainsbury et Silcocks, Bamford et Kidd, la vieille Ferguson et la jeune Dunlop, la noble Allis-Chalmer et la vigoureuse Mineapolis-Moline, Deutsch et Howard, Rice et Lister, Défense d'Entrer, Simplex, Claas et beaucoup d'autres, tant d'autres gisaient sur un tapis de plumes brunes répandues entre les plants de fraisiers saccagés dont la couleur vive était maintenant maculée de taches d'un rouge plus sombre.

Au moment où les quatre sinistres chasseurs franchissaient la clôture de la ferme, chargés de leur proie, il se produisit encore un incident bizarre. Mues par une sorte d'impulsion commune,

Ransome, Sims et Jefferies, qui avaient assisté à l'horrible événement du haut du mur, envahies par un mélange de terreur et de fureur, prirent leur envol, s'élancèrent en formation serrée à la poursuite des renards qui fuyaient au petit galop, et amorcèrent un piqué désespéré.

Or le moment de pondre approchait pour elles, mais une telle frénésie les avait gagnées que l'une d'elles (on raconte que ce fut Ransome) lâcha un œuf qui s'écrasa sur la croupe du dernier renard qui franchissait la lisière de la forêt. Une fois les quatre prédateurs disparus, les trois sœurs reprirent leurs esprits et firent demi-tour, tandis que le fermier se lamentait et que les chiens grondaient au milieu des fraisiers maculés de sang. La grande attaque était finie.

REQUIEM

C'était le soir de ce même jour. En se répandant parmi les longs-museaux, la nouvelle du massacre avait provoqué des manifestations de joie dans les vallons sablonneux et les bois épais de ce coin de campagne. Les longs-museaux se fendaient d'horribles sourires et les longues langues pendaient de plaisir à la pensée qu'enfin les poules de Bois-Renard, si malignes, si habiles au vol, si insaisissables, avaient été manœuvrées, trompées, possédées – en un mot pigeonnées ! Même les vieux renards les plus blasés bavaient d'envie et se rappelaient avec délice l'époque de leurs arrière-arrière-grands-pères en écoutant le récit des chasseurs et la description extasiée de leur premier repas de poulet.

– Racontez-nous encore, dit une vieille renarde grisonnante, une goutte de salive au coin de la gueule. Est-ce qu'elles étaient grasses ? Est-ce qu'elles étaient juteuses ?

– Juteuses, certainement, répondit l'un des quatre héros en postillonnant un peu. Mais grasses, pas vraiment. De la bonne viande ferme. Un goût délicieux.

Et tandis qu'il se léchait les babines de contentement, les autres se les léchaient d'envie.

– Oui, poursuivit-il, vous pouvez garder vos lapins.

– Vos mulots et vos souris, dit le second.

– Vos campagnols et vos musaraignes, ajouta le troisième.

– Vos scarabées et vos larves, ironisa le quatrième.

– En un mot, dirent-ils en chœur, nous sommes fous de poulet !

Néanmoins, malgré leur panse bien remplie (car ils avaient rongé jusqu'au plus petit os de leurs proies) et l'orgueil qui les gonflait après un tel succès, les chasseurs n'avaient pas perdu la tête au point de croire qu'ils pourraient renouveler leur exploit. Ils savaient bien qu'aucune poule n'entrerait dans le jardin clos avant longtemps, sans parler du fruitier ; et ils étaient également conscients que tout renard qui commettrait la folie de tourner autour de la ferme dans un avenir proche ferait connaissance avec les chiens de garde et le fusil de M. Fermier, qui cracherait foudre et tonnerre. Ils se pourléchèrent les babines, se laissèrent aller à leurs rêves et attendirent leur heure.

Quant aux poules, elles étaient sous le choc. Aucune ne pouvait croire qu'une chose pareille ait pu se produire. Comment admettre que trente des leurs aient pu succomber en l'espace de trois minutes ?

Lorsque la nuit tomba, des grappes de poules étaient perchées sur les charpentes de la maison et de tous les bâtiments de la ferme, car pas une ne pouvait se résoudre à passer la nuit dans un espace réduit quel qu'il soit, tant elles avaient présente à l'esprit la scène du fruitier.

L'image des quatre chasseurs, qui depuis leur exploit de la matinée étaient devenus des sortes de fauves doués de pouvoirs surnaturels, les obsédait. Même l'incident du grand bassin, que les mères racontaient aux poussins turbulents, paraissait ridicule à côté de ce drame affreux.

Bien que perchées à dix ou douze mètres au-dessus du sol, les poules s'attendaient à tout moment à voir des formes sombres escalader un mur couvert de lierre ou grimper le long d'une gouttière. Cette nuit-là, la basse-cour dormit peu.

Incapable lui aussi de trouver le sommeil, le fermier se retournait dans son lit. Même si des plans de vengeance se bousculaient dans sa cervelle en ébullition, il savait qu'ils seraient probablement inutiles : il y avait tant de renards, et si bien entraînés à éviter les pièges et les clôtures, à se méfier des appâts empoisonnés, à gagner des terriers de secours pour fuir la menace des gaz, à rester hors de portée des fusils !

Forcément, il finit par se dire, en guise de consolation, que le massacre du matin était un coup du sort qui n'arrive qu'une fois sur mille, et qu'à l'avenir, comme par le passé, les poules pourraient compter sur leur aptitude à voler pour échapper à tous les dangers.

Demain, il plumerait et viderait les poules mortes, qu'il avait ramassées et suspendues dans le cellier ; du moins y aurait-il pour quelque temps abondance de volaille dans le congélateur.

Ses plants de fraisiers étaient bien entendu fichus, ce qui le rendait presque aussi furieux que la mort de tant de ses poules. Qu'est-ce qui lui avait pris, se reprochait-il, d'être assez étourdi pour laisser ouverte la porte du fruitier ?

De leur côté, les colleys geignaient pitoyablement, conscients d'avoir failli à leur devoir.

Le lendemain, pourtant, le soleil brillait aussi radieux qu'à l'ordinaire, et les survivantes firent ce que les survivants font toujours : elles prirent leur petit déjeuner avec appétit et se réjouirent d'être en vie. Certes, les poules de Bois-Renard ne pouvaient tout bonnement chasser le drame de leur esprit comme le font les vulgaires oiseaux de basse-cour dans leur sottise, ni même l'oublier aussitôt et complètement, comme des poules ordinaires l'auraient fait. Par résignation et dans

un réflexe purement défensif de survie, elles acceptaient cette vérité éternelle : les renards, à cause de leur goût pour le poulet, et parce qu'ils avaient des crocs acérés et de puissantes mâchoires, les avaient toujours chassées et les chasseraient toujours ; on n'y pouvait rien ; et tout ce que les poules pouvaient faire, c'était de rester hors d'atteinte.

Aucune – jusqu'alors – n'avait songé à faire la guerre à l'ennemi. Mais cela arriva, et voici comment.

Spillers, son mari et ses douze poussins, le jabot plein, se lissaient les plumes, assis au soleil, perchés sur le toit du hangar. Ils tournaient le dos au jardin clos mais ils étaient décidés, malgré tout, à regarder les choses en face. Ils se disaient que, bien que personne ne risquât plus de tomber dans un piège semblable, et que les renards auraient même sans doute la prudence de se tenir quelque temps à l'écart par peur de représailles, il y aurait néanmoins d'autres expéditions ; celles-ci, même si elles avaient peu de chances d'être aussi efficaces que le massacre du fruitier, seraient probablement plus dangereuses et plus fréquentes qu'auparavant. De ce fait, le salut résidait dans le vol.

Massey-Harris exprima le sentiment de tous :

– Les poules savent depuis toujours, dit-il, que le salut est dans le vol.

Spillers, pensive, une plume dans le bec, se répéta à voix basse les trois derniers mots que son mari venait de prononcer.

– Dans le vol... dans le vol, murmura-t-elle avant d'ajouter à l'adresse de Ransome, Sims et Jefferies : C'est extraordinaire ce qui est arrivé, mes chères filles, quand vous pourchassiez les longs-museaux, non ? Nous l'avons tous vu du haut du muret.

Et, sans attendre de réponse, elle dit à Massey-Harris :

– Te rappelles-tu la démonstration acrobatique

qu'elles nous ont offerte le jour où nous les avons baptisées ?

Moins vif d'esprit que sa femme, le grand coq répondit simplement :

– Bien sûr que oui. Ça, ça valait le coup d'œil !

– Ce n'est pas ce que je veux dire, s'impatienta Spillers. Écoute un peu. Primo, les filles, en effectuant une attaque en piqué, ont terrorisé un animal. Un chien, en l'occurrence. D'accord ? Secundo, les filles ont poursuivi un autre animal (un long-museau, en l'occurrence) et elles l'ont bel et bien bombardé avec un objet. D'accord ?

– Lequel objet, dit Massey-Harris, touché dans son amour-propre de coq, un œuf en l'occurrence, s'est écrasé en l'occurrence, et le long-museau, ça ne fait aucun doute, s'est en l'occurrence léché le derrière avec délice une fois rentré chez lui.

– Mais le fait est, insista sa femme, que nous avons trois filles courageuses plus douées qu'aucune de celles qui les ont précédées et capables (du moins l'une d'entre elles, mais je ne vois pas pourquoi les deux autres ne pourraient pas le faire) de pondre en plein vol. Mets-toi ça dans le crâne, trouve un moyen de rendre les œufs plus dangereux, et nous pourrons lancer nos propres attaques contre les longs-museaux.

– Est-ce que tu es en train de me dire, articula Massey-Harris, que des poules pourraient… attaquer… des renards ? pourraient les blesser et peut-être même… les tuer ?

– C'est ça.

– C'est ça, dirent Ransome, Sims et Jefferies d'une seule voix.

– Le seul problème à résoudre, dit Spillers, c'est de trouver le moyen de rendre un œuf capable de blesser un renard.

– Eh bien, je dois reconnaître, dit Massey-Harris, admiratif, que vous êtes des dures à cuire !

L'ESCADRILLE DE BOMBARDEMENT

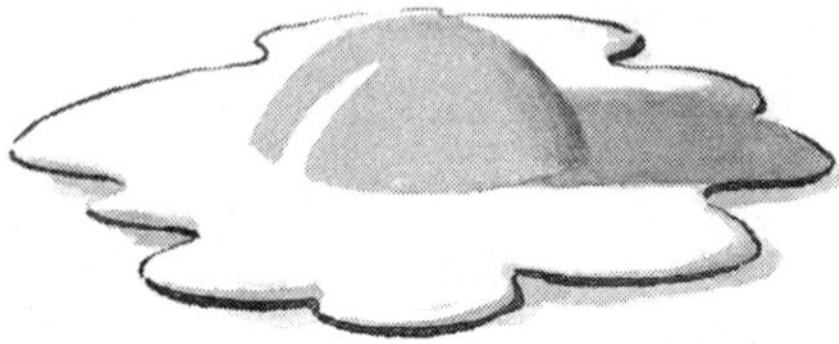

A la basse-cour, il y avait un certain nombre de mots qu'on n'employait pas normalement dans une conversation polie.

Il s'agissait presque exclusivement de termes relatifs au sort scandaleux que les humains réservaient aux poulets et à leurs sous-produits, les œufs. Des verbes comme « rôtir », « griller » ou « fricasser », des noms comme « abattis », « foie » et la répugnante « omelette », des adjectifs comme « brouillé », « poché » et « cocotte » : tous entraient dans la catégorie des « gros mots » et on ne les employait qu'en de rares occasions, dans des moments d'égarement.

Aussi la famille réagit-elle d'abord aux paroles de Massey-Harris en dressant la crête et en détournant les yeux. Mais au bout d'un moment les trois sœurs sagaces échangèrent un regard de surprise et ouvrirent le bec quand la même pensée leur traversa simultanément l'esprit.

– Dures... euh, répétèrent-elles, hésitantes. Dures à cuire ? Est-ce que ça voudrait dire, s'il s'agissait d'œufs, hum, eh bien, qu'ils ne seraient pas aussi fragiles que d'habitude ?

Elles s'arrêtèrent et regardèrent leur mère.

– Cot, cot, fit Spillers d'un air irrité. Faut-il vraiment évoquer les choses révoltantes qui se passent dans les cuisines des humains ?

– Mais comment ça, maman ? pépia le plus hardi des petits coqs. Dis..., poursuivit-il en rougissant jusqu'à la racine de la crête et de la caroncule, comment fait-on les œufs durs ?

– Eh bien, répondit Spillers avec une expression d'extrême dégoût, on dépose l'œuf dans un récipient plein d'eau, qu'on place au-dessus d'un feu ou d'une source de chaleur quelconque et...

Elle s'interrompit et soupira :

– On le fait bouillir longtemps.

– Et après ça, les œufs deviennent très durs ? dit le petit coq.

– Je crois que c'est ça, répondit sa mère. Ma

vieille grand-mère, Michelin, m'a parlé un jour de cette pratique barbare. Comme elle était très curieuse et que dans sa jeunesse elle n'avait pas froid aux yeux, elle avait l'habitude de se percher sur une branche pour observer par la fenêtre de la cuisine.

Il y eut un long silence. Ils étaient tous là, assis, à secouer la tête et à se gratter la joue d'un air méditatif, songeant à ce qui venait d'être dit. A la fin, Massey-Harris prit la parole :

– Bon, tout ça, c'est bien joli. Je vois où les filles veulent en venir : les œufs durs feraient d'excellents projectiles. Mais quant à tout cet attirail de récipient, d'eau et de feu... eh bien, ça me hérisse le poil... Je veux dire que ça me laisse perplexe.

Comme toujours, ce fut Spillers, armée de son solide bon sens, qui mit le doigt sur le nœud du problème.

– Écoutez, dit-elle, n'essayons pas de voler

avant de savoir ouvrir les ailes, comme disait ma grand-mère. On tient le bout d'une idée, d'une bonne idée, d'une idée révolutionnaire. C'est de faire de nos filles le fer de lance (car je suis sûre que chacun pourra jouer un rôle quand le plan sera au point) d'une attaque contre les longs-museaux. Tout ce que nous savons, pour l'instant, c'est que l'une d'entre elles a pondu par hasard un œuf en plein vol et que cet œuf a touché un long-museau, par hasard également. Il faut donc attendre, d'une part, qu'elles soient toutes prêtes à pondre et que, d'autre part, elles fassent la preuve qu'elles sont toutes capables de le faire en plein vol. Et quand ce sera fait, nous devrons nous attacher à leur faire faire de nombreux exercices et à leur faire subir un entraînement intense. D'ici là, il faudra que, par l'intercession de Chantecler, quelqu'un ait un trait de génie et trouve le moyen de faire durcir les œufs.

Un murmure d'approbation accueillit ces paroles, et toute la famille s'envola pour vaquer à ses occupations quotidiennes.

Quelques jours plus tard, Ransome, Sims et Jefferies étaient en mesure d'affirmer qu'elles étaient toutes prêtes à pondre. Et, effectivement, au bout d'une semaine elles pondaient tous les jours. Au début, elles eurent du mal à maîtriser le moment où l'œuf venait, et elles le déposèrent n'importe où et n'importe quand, lorsque le besoin s'en faisait sentir, et même, parfois, au milieu de la cour. M. Fermier se félicitait toujours que les poules pondent ainsi leurs premiers œufs au petit bonheur, parce que cela lui épargnait la peine de grimper la grande échelle jusqu'aux nids. Mais elles devinrent peu à peu plus habiles à se délester d'un œuf au moment de leur choix et, un matin, elles vinrent annoncer à leurs parents quelles n'avaient pas encore pondu leur œuf du jour et qu'elles étaient prêtes à faire une tentative en vol.

Spillers et Massey-Harris avaient déjà choisi la mare aux canards comme terrain d'entraînement, pour plusieurs raisons. Primo, il était désert, car les renards avaient exterminé les canards depuis longtemps ; secundo, il était à la distance idéale (une cinquantaine de mètres) d'un point de décollage convenable (le toit du hangar, qui avait la hauteur nécessaire à une attaque en piqué et constituait en même temps un poste d'observation pratique d'où évaluer la précision des tirs) ; tertio (et les parents accordaient de l'importance à ce point), le choix de cette cible éviterait que les œufs ne s'écrasent un peu partout, décourageant les trois sœurs et attirant la vermine, au lieu de disparaître sous l'eau, hors d'atteinte ; et quarto, le bon sens leur suggérait qu'il y avait peu de chances qu'un grand nombre de renards fussent cachés sous l'eau. Enfin, par un heureux hasard, un vieux pneu de tracteur tombé dans la mare avait flotté jusqu'aux trois quarts avant de s'échouer sur un monticule de détritus, et formait une cible idéale.

Les trois sœurs avaient choisi leur moment avec soin.

Elles s'étaient assurées que leurs neuf frères étaient partis picorer et elles avaient attendu que leur père et leur mère fussent ensemble sur le toit de la grange.

– Bon, dit Massey-Harris. Qui commence ?

– Je crois que je ne peux plus attendre, gloussa Jefferies, tout excitée.

Elle s'élança le long de la pente du toit, prit peu à peu de la vitesse jusqu'au moment où, arrivée

au bord de l'eau, elle ouvrit grand ses ailes puissantes et se laissa planer au-dessus de la mare. La direction était bonne mais elle n'avait pas pris assez de vitesse et, pour une raison ou une autre, elle largua son projectile trop tôt.

– Œuf largué !

On entendit un hoquet et, au moment où elle se remettait à battre des ailes au ras de l'eau, on vit un œuf tourner sur lui-même dans le vide et tomber à l'eau près de la rive.

Tandis que les parents criaient : « Trop court ! », Sims commençait à descendre le long de la pente du toit mais, mettant à profit ce qu'elle venait de voir, elle donna une douzaine de vigoureux coups d'ailes dès qu'elle quitta le bord avant de se laisser planer. Elle largua son œuf d'une altitude légèrement supérieure à celle de sa sœur et passa presque à deux mètres au-dessus de la surface de l'eau ; mais la gerbe qui permit de repérer l'endroit de l'impact n'apparut qu'au tiers du long rectangle d'eau verte et trouble.

– Peux-tu attendre une minute, chérie ? dit Spillers à Ransome.

– Oui, si tu veux, maman, dit Ransome. Je crois savoir ce que tu vas dire. Les autres n'allaient pas assez vite, n'est-ce pas ? C'est-à-dire que leur tir n'était pas seulement trop court, il était trop lent. On voyait les œufs tournoyer sur eux-mêmes, alors qu'ils auraient dû filer comme l'éclair.

– Exactement, approuva Spillers. Ne te laisse pas planer, ma petite Ransome. Quand tu quitteras le bord du toit, oriente-toi vers la cible et fonce ! Et ne largue qu'au dernier moment.

– Bien, dit Ransome. Allons-y.

Et elle suivit à la lettre les instructions de sa mère.

Lorsqu'elle remonta en chandelle, en fin de course, après avoir volé vers la mare aussi vite qu'un pigeon ramier, les observateurs virent son œuf frapper l'eau à moins de deux mètres de la cible.

– Ah, voilà ! s'exclama Massey-Harris. Je n'aurais pas fait mieux moi... c'est-à-dire, on n'aurait pas pu mieux faire, n'est-ce pas, ma chère ?

– Si, on aurait pu, rétorqua Spillers. On aurait pu atteindre la cible. Mais nous toucherons bientôt au but, tu verras.

Le dernier tir avait été manqué de peu, cependant, et la gerbe d'eau, en mouillant le vieux pneu, avait fait apparaître l'inscription que la boue cachait. Et quand Ransome, après un freinage contrôlé, redescendit en piqué et passa au-dessus de la cible, elle lut le mot : Michelin.

« Ah ça alors ! pensa-t-elle, le nom de notre arrière-grand-mère ! C'est peut-être un heureux présage ! Celle-là, c'était une sacrée dure à cuire ! »

Le coup de génie

Les poules, qui ont évidemment la mémoire courte et oublient parfois complètement ce qui s'est passé quelques jours plus tôt, ne peuvent se servir, comme nous, d'un mot tel qu'« anniversaire ». Même pour les poules particulièrement douées de Bois-Renard – et bien que certaines d'entre elles fussent capables de se rappeler d'événements passés depuis longtemps –, une année était un laps de temps trop long pour leur mémoire. Quelquefois, cependant, quand un événement notable s'était produit, elles s'en rappelaient le « monaversaire », terme qui dérive du vieux mot gallinacé « mona », qui signifie : mois lunaire.

C'est ainsi que, vingt-huit jours après le terrible massacre, Ransome, Sims et Jefferies, ayant fait leurs exercices matinaux, ruminaient le triste souvenir de la grande attaque. Elles étaient perchées côte à côte sur les plus hautes branches d'un grand orme mort, poste d'observation d'où elles avaient vue sur le jardin et le fruitier, dont la porte était restée grande ouverte puisqu'il n'y avait plus de fruits à protéger.

On était fin juillet et, depuis l'attaque, la canicule n'avait pas cessé, les jours de soleil torride s'étaient succédé et même la nuit, la chaleur restait pesante. On n'avait plus vu l'ombre d'un long-museau et, grâce aux « nombreux exercices » et à l'« entraînement sérieux » auxquels Spillers tenait, les trois petites poules avaient atteint un haut degré de précision dans leurs tirs.

Elles avaient pratiquement un œuf chaque jour, si bien qu'on pouvait mener deux et quelquefois trois attaques chaque matin. Et deux fois, quelquefois trois fois chaque matin, une gerbe d'eau formée par un œuf lancé à pleine vitesse jaillissait du centre du vieux pneu de tracteur utilisé comme cible.

Chaque fois qu'une poule pond, elle célèbre cet événement par des caquètements frénétiques et par des cris de joie et de surprise. Les trois sœurs ne faisaient pas exception à cette règle lorsqu'elles remontaient en chandelle au-dessus de la mare tandis que, du haut du toit du hangar, les cocoricos de leur père saluaient chaque but marqué. Elles étaient à présent sûres de leurs propres capacités, et ne s'inquiétaient pas que la mare, en raison de la canicule ininterrompue, s'asséchât rapidement et ne fût bientôt pas plus utile qu'un terrain en dur. Elles pourraient toucher un long-museau, ça, elles en étaient sûres – paf, entre les deux yeux ! Mais à quoi bon, si le projectile ne donnait au renard qu'un bon coup sur le museau et un repas gratuit rien qu'en se léchant sa vilaine figure ?

Ce fut Ransome qui en parla la première :

– Savez-vous ce que j'aimerais faire à l'occasion de ce monaversaire ?

– Quoi ? demandèrent les deux autres.

– J'aimerais, dit-elle, attraper les quatre longs-museaux et les enfermer dans la serre. Ça doit être un vrai four... euh, une vraie étuve là-dedans.

Le fait est que, depuis l'attaque, M. Fermier était si abattu qu'il semblait avoir perdu tout intérêt pour son jardin ; toutes les vitres de la serre étaient fermées et la porte coulissante elle-même n'était entrouverte que de vingt centimètres.

– J'aimerais prendre le temps de les voir haleter et suer là-dedans jusqu'à...

Elle hésita.

– Eh bien, tant pis, c'est un gros mot... jusqu'à les voir bouillir !

Ses sœurs haussèrent un peu la crête, puis Jefferies dit avec un petit rire :

– Oui, je pense que tout ce qu'on laisserait assez longtemps là-dedans finirait par... comme tu dis.

– Et nous aussi, si nous allions là-dedans, dit Sims, sérieuse.

Elle hocha la tête un grand nombre de fois pour donner du poids à son opinion, pendant que Jefferies continuait à rire. Ransome les interrompit alors brutalement :

– S'il faisait assez chaud, peut-être même que les œufs à l'intérieur de nous...

Elle s'interrompit et regarda ses sœurs, dont les becs déjà légèrement ouverts à cause de la chaleur s'ouvrirent tout grands quand elles saisirent l'idée de Ransome.

Elles se mirent à commenter cette idée de génie avec excitation :

– … durciraient assez pour faire réfléchir les longs-museaux ?

– Peut-être assez pour les empêcher à tout jamais de réfléchir.

– Je pense qu'il doit faire atrocement chaud là-dedans.

– Sans doute. Sauf au petit matin, la serre est en plein soleil toute la journée.

– Et quel soleil ! Les vieux disent qu'il n'a jamais fait aussi chaud.

– Et le mur est juste à côté ! Il doit réverbérer de la chaleur supplémentaire.

– Et c'est complètement fermé. A part la fente de la porte.

Elles reprirent leur souffle.

– Rien n'y survivrait – je pense aux plantes, dit Jefferies.

– N'importe quoi pourrait y mourir, dit Sims lentement.

– Oui, reconnut volontiers Ransome. C'est vrai. Ça pourrait très bien nous arriver, je crois, si nous précipitions les choses. Il faut y aller graduellement. Ça pourrait ne pas marcher – en ce qui concerne les œufs. Et ça nous fera courir un risque... de mort. Mais à cœur vaillant rien d'impossible.

– A cœur bouillant rien d'impossible ! dit Jefferies en éclatant de rire.

Cinq minutes plus tard, l'une d'elles s'était perchée au-dessus du portail du jardin (car, en raison de la hauteur du mur, c'était évidemment le seul chemin par lequel un long-museau en maraude pouvait venir les déranger), tandis que les deux autres, prêtes à prendre leur envol instantanément, marchaient d'un pas nerveux vers la serre. Elles constataient déjà qu'elle ne contenait rien d'autre que des plants de tomate desséchés, mais elles gardaient un souvenir douloureux de l'endroit où les renards s'étaient tenus en embuscade, sous la table. Elles firent irruption, au milieu des piles de pots de fleurs, leur donnant de vigoureux coups d'ailes bien que leur cœur batte à tout rompre à l'idée de ce qui aurait bien pu se cacher derrière. Mais quand les pots furent renversés, laissant passer la lumière, elles virent qu'il n'y avait rien sous la table, et seuls quelques longs poils roux rappelaient à qui elle avait servi de cachette.

Une petite poule s'introduisit alors dans la serre et, sautant sur les étagères de bois qui en tapissaient les parois, elle resta quelques minutes sans bouger. Puis, laissant la place à sa sœur restée dehors, elle alla relever celle qui était de garde au portail ; si bien qu'au bout de huit ou neuf minutes chacune des trois était allée subir l'épreuve de la chaleur. Celle-ci était déjà si intense que le mercure du thermomètre en bois avait monté jusqu'au haut du tube de verre, ce qui indiquait une température effrayante qui dépassait de beaucoup le maximum indiqué : cinquante degrés. Puis, énervées, excitées, assoiffées, elles quittèrent le jardin en formation serrée réglementaire et rejoignirent leur famille.

LES GRIMPEURS

Durant tout ce temps, les quatre heureux chasseurs, hantés jusque dans leurs rêves par le souvenir du grand massacre et du festin, n'étaient nullement restés inactifs. Étant les plus intelligents de leur espèce, comme les trois petites poules l'étaient de la leur, ils étudièrent un grand nombre de plans avant de s'arrêter à une idée et d'entreprendre de la mettre en pratique. Bien qu'ils fussent restés prudemment à l'écart de la ferme (et de la maison) depuis la grande attaque, ils s'en étaient cependant rapprochés insensiblement quand ils avaient chassé des proies moins appétissantes ; ils avaient, en particulier, visité une vieille cabane qui se trouvait dans un champ à cinq cents mètres de distance. Il y avait là un tas de bottes de paille contre lequel était appuyée une petite échelle qui ne comptait pas plus de neuf barreaux. Dans la paille vivait une colonie de mulots qui avaient engraissé grâce au grain dérobé dans le champ d'orge qui mûrissait non loin de là.

La plupart du temps, les renards chassaient ces mulots la nuit ; ils sautaient sur les mangeurs d'orge pendant leur trajet entre la cabane et le champ ; mais ils vinrent une fois en plein jour et, quand ils se glissèrent dans le bâtiment, les rongeurs, comme on pouvait s'y attendre, étaient invisibles : ils avaient trouvé refuge au sommet du tas de paille. On les entendait couiner et bavarder avec excitation, mais ils parlaient uniquement le « grignotin », langage commun à tous les animaux tels que souris, campagnols, musaraignes, lapins et écureuils, mais auquel les renards, qui ne parlaient que le « vulpin », n'entendaient rien.

Restés sur le sol à écouter les mulots, les renards se parlaient dans leur langue :

– Cette échelle me rappelle quelque chose, dit l'un. Il y a une échelle appuyée contre la montagne de foin du hangar, à la ferme.

C'était vrai, cette échelle était presque toujours là. M. Fermier s'en servait pour ramasser les œufs de son petit déjeuner.

– Et alors ? répliqua un autre. Les renards ne montent pas aux échelles.

– Les renards ne sont encore jamais montés aux échelles, ajouta le troisième.

Il y eut un silence.

– Tu veux dire… ? dit le quatrième.

Ils échangèrent un regard.

– L'échelle de la ferme, reprit le premier, est très longue.

Elle avait en effet trente-deux barreaux.

– Très longue.

– Mais si on essayait…, dit le deuxième.

– … d'y grimper…, continua le troisième.

Il y eut un silence.

– Vous voulez dire que…, dit la quatrième.

Avec la célérité et la compréhension mutuelle parfaites qui faisaient d'eux une si fine équipe, trois des renards s'assirent aussitôt en ligne et se tinrent prêts au pied de l'échelle, qu'ils ne quittaient pas des yeux, tandis que le quatrième, un mâle, marcha vers la petite échelle et en entreprit l'escalade. Son ascension n'avait rien d'habile ; sa patte glissa deux fois entre les barreaux et sa queue faisait des moulinets chaque fois qu'il avait besoin de retrouver l'équilibre ; mais il réussit à monter et disparut aux yeux des autres dans l'espace obscur compris entre le sommet du tas de paille et le toit de la cabane.

Un concert de couinements affolés se fit entendre lorsqu'il fondit, tous crocs dehors, au milieu des mangeurs d'orge, puis on vit une, deux, trois formes grises tomber en tournoyant avant que, moitié glissant, moitié sautant, il les rejoignît, une quatrième dépouille grise lui pendant entre les mâchoires.

Une tactique venait ainsi d'être mise au point, tactique qui exigerait de la détermination, de l'agilité et du courage – qualités que possédaient tous les renards.

Si bien que, tandis qu'un camp s'entraînait sans relâche au bombardement dans la mare, l'autre perfectionnait sa technique d'escalade sur la petite échelle de la vieille cabane. En partie afin de compenser cette faible hauteur, en partie parce qu'ils s'étaient rendu compte que, après être montés au sommet du hangar et avoir réglé leur compte à toutes les poules qu'ils trouveraient là-haut, il leur faudrait encore regagner le sol, les renards s'entraînaient non seulement à monter mais aussi à descendre – à reculons, car ils n'avaient nulle envie de pointer le museau à la verticale vers le sol, qui se trouvait trente-deux barreaux plus bas. Ils devinrent bientôt virtuoses, habiles à placer sans hésiter leurs pattes sur les échelons et dans le bon ordre, si bien qu'ils montaient comme des ludions jusqu'en haut de la meule, d'où, terrorisés par ces incursions répétées, les mulots survivants avaient depuis longtemps décampé.

Les renards savaient que la descente serait beaucoup plus lente, mais ils étaient d'accord pour prendre ce risque, pour peu qu'alors, avec un peu de chance, ils aient déjà fait couler des flots de sang. Ils savaient que, quand ils atteindraient le sommet, toutes les poules qui s'y trouveraient pourraient aisément prendre la fuite par la voie des airs, mais ils supposaient (à juste titre) que les bottes de foin du dessus étaient un lieu idéal où pondre et couver. Ils firent le projet de tuer les mères sur leur nid, aussi bien celles qui seraient en train de couver que celles qui tenteraient de protéger leurs petits poussins ; et les poussins eux-mêmes, se disaient-ils avec délices, feraient de savoureuses bouchées.

Avant tout, ils savaient que, comme ç'avait été le cas lors de la grande attaque, la surprise serait la clef du succès. Ils devraient escalader l'échelle aussi vite qu'une araignée qui court le long du mur, sans se soucier du fermier ni des chiens, même s'ils n'ignoraient pas qu'il ne ferait pas bon s'attarder. De toute façon, un poulet n'avait jamais fait de mal à personne, ricanaient-ils entre eux.

LA SERRE

Massey-Harris, Spillers et les jeunes poulets écoutèrent sans mot dire les trois sœurs raconter ce qu'elles avaient fait ce matin de « monaversaire » et de canicule. Leur récit terminé, alors qu'elles haletaient encore d'excitation après cette rude séance, ce fut Massey-Harris qui prit la parole.

– Je dis que c'est de la folie ! gronda-t-il. Retourner de son plein gré se fourrer dans ce jardin qui est une vraie souricière !

– Il n'y a pas d'autre serre, papa, dit Sims.

– Oui, mais ce n'est pas tout, dit son père. Même en supposant que ce plan insensé réussisse (en ce qui concerne les œufs, je veux dire), une chaleur pareille vous tuera avant que vous ayez l'occasion d'avoir affaire à un autre long-museau.

– Pas si on s'y acclimate, dit Jefferies.

– Petit à petit, dit Ransome.

Comme toujours, ce fut Spillers qui la première prit la mesure de la situation et fit part de ses conclusions :

– Si l'on veut essayer, il faut faire vite, avant que le temps ne se gâte ou que les chasseurs réapparaissent. Nous allons monter la garde car il va falloir vous protéger comme il faut quand vous serez dans cette fournaise, mes filles. Vous devrez certainement y aller progressivement, sans quoi les prédictions de votre père se vérifieront ; disons cinq minutes le premier jour, et cinq minutes de plus chaque jour – c'est-à-dire, voyons... une demi-heure dans six jours ; si vous faites cette demi-heure tous les jours pendant encore une semaine, ça devrait suffire, mais il faudra alors lancer une attaque pour le savoir. La serre devrait chauffer très tôt par ce temps, si bien que vous ne devriez pas avoir à retenir votre œuf très longtemps.

« Pour peu, se disait-elle, que ces renards à la coque viennent en temps voulu. »

– Et puis, conclut Spillers, vous devez décider, mes filles, si vous allez vous soumettre à ce traitement toutes ensemble ou si vous choisissez d'y aller une par une au cas où... hum... quelque chose tourne mal !

– Toutes ensemble, maman ! dirent Ransome, Sims et Jefferies d'une seule voix.

– Eh bien, crois-moi, Massey-Harris, dit Spillers en se tournant vers son mari, le jabot noué, tu peux remercier Chantecler d'avoir donné à nos filles le sang de nos ancêtres sauvages !

Ainsi, le lendemain matin, à neuf heures moins cinq, alors que le thermomètre, en ce temps de canicule, indiquait déjà cinquante degrés dans la serre, une scène peu banale se déroulait dans le vieux jardin clos de la ferme de

Bois-Renard. Massey-Harris, qui savait lire l'heure parce qu'il était sorti de l'œuf juste sous l'horloge de l'étable, devait minuter les opérations. Du haut du grand orme mort, il voyait nettement le cadran, au-dessus du toit de la laiterie. Le plus hardi des neuf frères (c'était celui qui avait posé la question sur les œufs durs ; il s'appelait Sulfate) se percha sur le portail du jardin, qui était ouvert, et deux de ses huit frères s'assirent sur les murs, tournés vers l'extérieur. Spillers se posta juste devant la porte de la serre, pour être prête à voler au secours d'une des petites poules si elle se trouvait mal à cause de la chaleur. Chacun ouvrait l'œil. Là-bas, l'horloge sonna et le grand coq confirma ce signal par un cocorico. Avant qu'il se soit tu, les trois sœurs étaient assises dans la serre, immobiles, en place pour une première séance de cinq minutes.

Dès qu'un autre chant du coq annonça que le délai était écoulé, les trois sœurs ressortirent et les quatorze oiseaux s'envolèrent avec soulagement loin de cet endroit maudit. Ils se réfugièrent dans la fraîcheur de la grange et se rassemblèrent sur le perchoir de nuit de Massey-Harris, là-haut, dans la pénombre du toit. Toute la famille assaillit de questions les trois petites poules qui haletaient encore un peu.

– Est-ce que ça va ?

– Serez-vous capables de tenir longtemps ?

– Comment était-ce ?

A quoi elles répondirent que oui, oui encore et qu'il y faisait vraiment très chaud – cette dernière réponse avec un certain agacement, comme cela arrive quand on pose à quelqu'un des questions idiotes. Puis, ne prêtant qu'à moitié attention au conseil de Spillers : « Boire ou voler, il faut choisir ! », elles se précipitèrent à un abreuvoir pour étancher leur soif.

Le quatrième jour de ce traitement, comme elles venaient d'entamer leur séance de vingt minutes, Massey-Harris du haut de l'orme et tous les guetteurs sur le mur donnèrent l'alarme simultanément.

– Dehors ! Vite ! lança Spillers.

Et les quatre poules, décollant en hâte, foncèrent pour rejoindre les mâles qui prenaient de l'altitude afin de comprendre pourquoi le ciel, au-dessus de la maison et de la ferme, s'était rempli de volailles qui criaillaient et caquetaient à qui mieux mieux.

Ils virent soudain, à l'autre bout de la cour, quatre longs-museaux se glisser sous la clôture et trotter calmement vers la forêt, sans être inquiétés.

– Papa ! Maman ! crièrent Ransome, Sims et Jefferies. On y va ?

– Oui, un bon coup ! hurlèrent les neuf poulets tandis que le grand coq, le camail ébouriffé, la crête et les barbillons rouges de colère, semblait prêt à ne faire qu'une bouchée de l'adversaire.

– Montrons-leur que nous ne sommes pas des poules mouillées ! clama-t-il tandis que sa famille volait en cercle trente mètres au-dessus des renards.

Mais la voix de Spillers coupa court à ces caquetages et ramena tout le monde à la raison :

– Non ! C'est trop tôt. Il faut attendre la fin du traitement. Ça gâcherait tout. Le moment venu, on frappera là où ça fait mal.

« Je craignais bien que ces longs-museaux sur le plat viennent avant que nous soyons prêts, pesta-t-elle intérieurement. Mais ils ne sont pas restés longtemps et ils ne semblent pas avoir fait de dégâts. Je me demande ce qui s'est passé. »

Un étrange épisode

Voilà ce qui s'était passé. Les quatre longs-museaux avaient choisi ce jour-là pour lancer leur attaque par l'échelle. Ils étaient préparés jusqu'au bout des griffes, leur plan était au point et ils savaient que, s'ils tardaient encore, la saison serait trop avancée pour qu'il reste beaucoup de nids au sommet de la montagne de foin. Ils avaient établi l'ordre dans lequel ils allaient entreprendre l'ascension et ils étaient allés en file indienne jusqu'à une butte de terre d'où on voyait la laiterie. Ils savaient qu'à un moment donné (vers neuf heures), une fois la traite et le travail dans la laiterie achevés, le fermier quittait le bâtiment et traversait la cour en direction de la maison pour prendre son petit déjeuner. Comme pour la grande attaque, ils estimèrent qu'il leur faudrait environ trois minutes, sans perdre de temps, pour accomplir leur besogne. Tapis sur le sol, le chef, qui observait à travers une grosse touffe d'herbe de Saint-Jacques, vit M. Fermier sortir de la laiterie et s'éloigner, suivi de ses chiens qui l'attendaient, couchés à l'extérieur. Les renards attendirent.

En passant devant le hangar, le fermier se souvint d'un détail. La veille, en sortant par la porte de derrière, il avait vu l'une de ses poules quitter sa cachette en caquetant triomphalement. Sa cachette se trouvait là où le toit de la maison rejoignait celui d'une vieille remise à carrioles dans laquelle il garait sa voiture ; à cet endroit, les deux toits formaient un V où, par temps sec, il lui était arrivé de trouver des nids. Il décida que c'était là qu'il irait chercher les œufs de son petit déjeuner.

Avec l'aisance que donne l'habitude, il retira l'échelle à trente-deux barreaux placée contre les balles de foin et, la portant verticalement, il l'apporta près de la maison. Il la plaça contre le mur, grimpa à mi-hauteur, retira sa casquette et se pencha d'un côté. Le nid se trouvait exactement là où il s'y attendait ; il mit trois œufs dans sa casquette, en laissa un dans le nid, redescendit en se tenant d'une seule main, et rentra chez lui.

Quelque temps plus tard, les quatre renards se mirent en route. A force de chasser sans succès depuis leur plus jeune âge, ils avaient acquis un sens aigu de l'orientation, et ils avaient soigneusement étudié leur itinéraire à partir de la petite butte.

A la queue leu leu, ils coururent d'abord, cachés derrière une haie, jusqu'à moins de vingt mètres de la ferme ; là, la haie s'interrompait, mais un fossé (sec pendant cette période de sécheresse) la prolongeait, dans lequel ils rampèrent jusqu'à la clôture qui avait à cet endroit la forme d'un muret. Le chef passa prudemment la tête par un trou creusé au pied du mur et, constatant qu'aucune poule ne pouvait les voir, il entraîna prestement les autres le long d'un étroit passage entre les murs des deux bâtiments voisins.

Ces fins stratèges s'étaient assurés, d'une part, qu'aucun volatile ne risquait de s'aventurer dans un espace aussi resserré et dangereux (car leur souci premier était d'éviter que l'alarme fût donnée trop tôt) et, d'autre part, que ce passage les mènerait à un point aussi proche que possible du pied de la longue échelle.

A présent tapis l'un derrière l'autre à la sortie du passage, ils savaient qu'après avoir tourné à angle droit, il ne leur resterait que dix ou quinze mètres à parcourir à la vitesse de l'éclair jusqu'au pied de l'échelle. De leur cachette, ils ne voyaient rien, mais ils avaient en tête la position exacte du long appareil de bois qui allait être l'instrument d'un nouveau carnage sanglant ! Ils bandèrent tous leurs muscles.

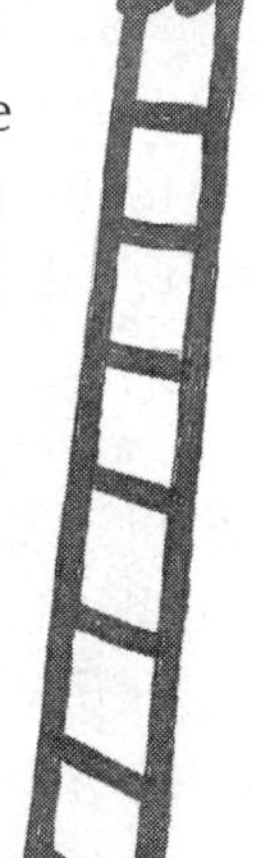

Quand les renards surgirent, tournant au coin du mur pour se ruer vers le hangar, la cour était pleine de poules qui picoraient. Toutes s'envolèrent en un clin d'œil, emplissant l'air de leurs battements d'ailes et de leurs grands cris :

« Longs-museaux !
Longs-museaux !
Longs-museaux ! »

qui avaient alerté la famille de nos héroïnes dans le jardin clos.

Au sommet de la montagne de foin, de nombreuses mères couvaient d'un air satisfait, certaines de la sûreté de leur abri et inconscientes du danger.

Il faut mettre la suite des événements au crédit de l'intelligence des quatre prédateurs ; ce n'est pas pour rien qu'ils en avaient fait autant que leurs aînés en toute une vie. Au premier coup d'œil jeté du côté de la cour où l'échelle à trente-deux barreaux devait se trouver, ils virent qu'elle n'était plus là. Chacun comprit instantanément que la mission était impossible, qu'il fallait y renoncer, que le principal était de ne pas donner à la volée de poules qui s'égaillait en criaillant le moindre indice sur la nature comme sur l'objectif de l'attaque.

Ils firent un deuxième virage à angle droit et traversèrent la cour au galop, tous les quatre de front, pour simuler une attaque de la laiterie. Ils tournèrent de nouveau, se remirent en file et chargèrent vers la porcherie. Puis un nouveau virage à quatre-vingt-dix degrés les remit en ligne et, épaule contre épaule, ils entrèrent dans la vaste grange pour ressortir par l'autre porte, foncèrent vers le portail à l'autre bout de la cour, se glissèrent par-dessous et retournèrent au trot vers la forêt, calmement et sans être inquiétés.

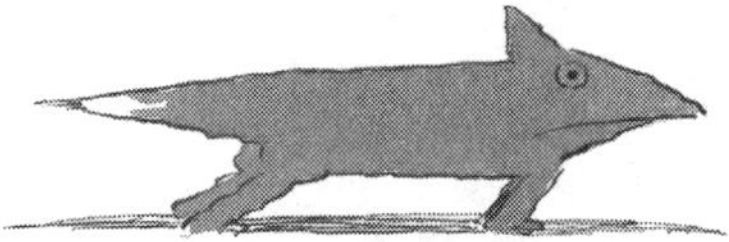

Quand M. Fermier, abandonnant ses œufs au bacon, courut voir ce qui avait causé ce tohu-bohu, il se retrouva aussi perplexe que ses poules quant à l'objectif de cette incursion.

Plus tard ce jour-là, toute la famille de Massey-Harris et de Spillers commentait cet étrange épisode en compagnie d'autres volailles qui s'étaient trouvées dans la cour à ce moment-là.

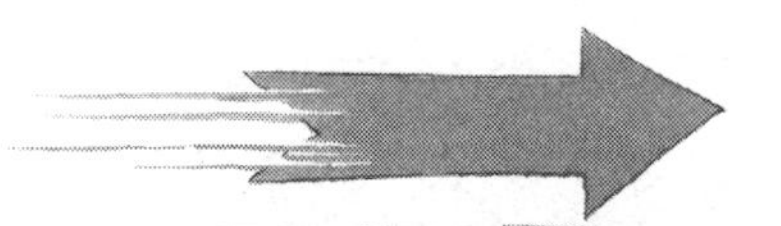

– Ça ne ressemble à rien, dit une vieille poule du nom d'International Harvester en grattant de la patte droite son crâne grisonnant. Par Chantecler, qu'est-ce que ces longs-museaux pouvaient bien chercher ?

– On aurait dit une sorte de danse, firent en chœur trois poules appelées Sainsbury, Silcocks et Simplex. Courir d'abord d'un côté, et puis d'un autre. N'importe quoi !

– Est-ce que ça pourrait être la répétition de quelque chose ? demanda Défense d'Entrer.

– Hé, c'est une idée ! dit Massey-Harris. Mais je me demande à quoi ils comptent aboutir en plein jour alors que tous ceux qui ne volent pas (il entendait par là les poussins et leurs mères) sont en sûreté dans des lieux élevés, en haut du hangar, par exemple.

– En tout cas, ils n'ont fait aucune victime, dit Spillers. Espérons que leur exploit d'aujourd'hui, quel qu'en soit l'objet, ait pour conséquence qu'ils ne reviennent pas avant un moment.

« Du temps, se disait-elle. Il nous faut encore du temps. Encore dix jours, pour tout dire. »

Les essais

Le lendemain, toute la famille reprit les opérations là où elles avaient été brutalement interrompues, c'est-à-dire à la séance de vingt minutes. Quand cette étape fut franchie avec succès, les trois sœurs regagnèrent chacune leur nid pour pondre leur œuf du jour.

Or il se trouvait que, pour ce faire, Ransome avait l'habitude de se servir d'une boîte à neige (entonnoir carré fixé au bord du toit et destiné à faire passer les eaux de la gouttière horizontale au tuyau d'écoulement vertical). Ce tuyau se déversait dans un grand tonneau, dix mètres plus bas. Des planches posées sur le tonneau le fermaient, laissant seulement un espace pour le tuyau ; et, sur la plate-forme ainsi formée, l'un des nombreux chats de la ferme dormait au soleil, roulé en boule, dans la chaleur du matin.

En s'installant pour pondre, Ransome jeta un coup d'œil par-dessus le rebord de la boîte à neige et, quand son regard plongea jusqu'au large dos du chat, tout en bas, l'envie la prit de faire une farce, comme c'est normal chez les enfants. Sans réfléchir à ce qu'elle faisait, et surtout sans la moindre intention d'expérimentation scientifique, elle se tourna dans son nid pour se mettre face au mur et, se haussant légèrement afin que son croupion dépasse du rebord de la boîte à neige, elle pondit. Elle interrompit soudain ses gloussements de plaisir coutumiers quand, se retournant pour regarder en bas (elle s'attendait sans doute à voir le matou réveillé en sursaut par l'explosion d'un œuf lâché de dix mètres de hauteur), elle vit au contraire le chat qui gisait sur le sol, à côté du tonneau, ventre en l'air. L'œuf s'était en fait abattu en plein sur son crâne rond, et après avoir rebondi il avait roulé sur le sol à côté de lui – fendu, mais pas cassé ! Le matou était raide assommé. Il avait les quatre pattes en l'air et une grimace stupide s'était figée sur son minois.

Au bout de deux minutes, il rouvrit les yeux, secoua la tête, se remit sur pattes et s'éloigna en titubant comme s'il était ivre. Le traitement commençait à porter ses fruits !

En racontant son histoire, au comble de l'excitation, Ransome souleva une vive émotion parmi ses sœurs ; et les trois petites poules demandèrent la permission de faire une sortie d'essai contre le premier renard qui pointerait le museau du côté de la ferme. Mais Spillers, bien que ravie d'apprendre que le traitement produisait ses premiers effets et pressée de préparer une contre-attaque en prévision de la prochaine incursion, tâcha de les calmer.

– Il faut être vraiment sûr. Allons jusqu'au bout du programme, et dès le lendemain de la fin de votre traitement vous pourrez faire un essai grandeur nature, je vous le promets. Votre heure viendra, aussi vrai qu'un œuf est un œuf.

Enfin le programme fut terminé. Bien que le temps fût de plus en plus chaud, Ransome, Sims et Jefferies étaient parvenues, au prix de litres de sueur, à s'habituer à ce traitement et, durant une semaine, elles avaient réussi à rester une demi-heure par jour dans la serre surchauffée. Le temps d'un vol d'essai était venu.

Massey-Harris et Spillers y avaient longuement réfléchi. Ils avaient estimé, non sans sagesse, que le fermier, M. Fermier, ne serait pas très content de voir un peu partout dans la ferme un grand nombre de chats ou même de chiens étendus sans connaissance, voire pire. Peu leur importait de choisir la taille des cibles ; ils avaient confiance dans la précision du tir des petites poules. Il suffisait de choisir quelque chose qui donnerait une idée de la force de frappe des projectiles.

Ils optèrent finalement pour une bâche de plastique noir qui recouvrait une grande meule de paille un peu affaissée, datant de l'année précédente. Comme la meule était en forme de dôme, la bâche la recouvrait un peu à la manière d'une tente et présentait ainsi plusieurs pans qui faisaient de bonnes cibles. Il serait donc facile de faire le compte des coups au but si, comme ils l'espéraient, les œufs traversaient la bâche.

Ils se rendaient bien compte que du plastique, même résistant, n'est pas aussi dur qu'un crâne de long-museau, mais ils estimaient cette solution adaptée aux circonstances, étant donné que le facteur temps jouait aussi. « Les renards, pensaient-ils, peuvent revenir d'un moment à l'autre. » Là, ils se trompaient. Les chasseurs, d'un poste d'observation éloigné, voyaient chaque jour que l'échelle restait contre le mur de la maison.

Le succès des essais était mitigé. On ne pouvait larguer que trois projectiles par jour au plus mais, le premier jour, Ransome, Sims et Jefferies tirèrent simultanément, et quand elles crièrent : « Œuf largué ! » en faisant demi-tour au-delà de la meule, le reste de la famille vit trois trous dans la bâche noire.

Les œufs étaient assez durs pour traverser la bâche, mais les coquilles se cassaient nettement sous l'impact. Les œufs étaient seulement mollets. Pendant encore une semaine, les petites poules se soumirent chaque jour à des séjours de plus en plus longs dans la fournaise de la serre (Ransome atteignit même quarante minutes), sans cesser l'entraînement quotidien, tant et si bien que la bâche commença à ressembler à une passoire. Mais les renards ne venaient toujours pas.

LE DURCISSEMENT

Au fur et à mesure que la tension montait, les esprits s'échauffaient. Les œufs n'étaient pas assez durs pour être mortels, et la famille se rendit à l'évidence : il fallait trouver un moyen d'augmenter l'effet des séances dans la serre. Bizarrement, on avait négligé une méthode plus simple de faire durcir les œufs. Il fallut une petite querelle familiale pour décider les esprits à s'orienter dans la bonne direction.

Cela se passa le dernier jour d'entraînement de la semaine. Les trois derniers œufs, qu'on avait récupérés pour les examiner, avaient encore la coquille fendillée, bien que l'intérieur fût suffisamment ferme. Le sentiment de déception était général ; tout allait presque bien, mais face à un danger aussi imminent « presque » n'était pas assez. Sulfate qui, comme son père, manquait complètement de tact, lança tout à trac :

– On dirait que vous allez finir par passer vos journées dans cette sacrée serre ! dit-il, mi-amusé, mi-railleur. Ces pauvres œufs n'assommeraient pas une souris.

C'en était trop pour les trois sœurs, et les noms d'oiseaux se mirent à voler.

– Hé, dis donc, croupion ! cria Sims.

– Va te faire cuire un œuf ! lança Ransome.

– Ça, c'est bien les coqs ! hurla Jefferies. Toute la journée à ne rien faire d'autre que pousser des cocoricos, alors que les poules n'arrêtent pas. Encore heureux que tu ne sois pas une fille ! Tu serais une va-comme-je-te-ponds. Une vraie coquille molle.

La première de ces insultes gallinacées, « va-comme-je-te-ponds », tournait en dérision une pondeuse qui, par négligence et par paresse, pose ses œufs n'importe où et n'importe comment, sans respect pour les règles nécessaires à la bonne tenue d'un nid, tandis que « coquille molle » désignait une volaille assez stupide ou dénaturée pour ne pas manger de cailloux en quantité suffisante afin de fournir à ses œufs une coquille assez solide ; quand il arrivait à de telles poules de pondre, elles produisaient d'horribles choses informes impossibles à couver et tout juste bonnes à être ramassées avec précaution par le fermier, qui en versait le contenu dans un bol avant d'en faire un usage auquel il ne vaut mieux pas penser. Même avec de l'imagination, on n'aurait pu appliquer aucun de ces deux termes à Sulfate mais, dans leur fureur, les deux autres petites poules reprirent les derniers mots de Jefferies, et toutes trois crièrent à leur frère :

– Coquille molle ! Coquille molle ! Coquille molle !

Sulfate devint très rouge, tandis que ses huit frères, gênés, baissaient la crête.

Spillers fut sur le point de parler mais avant qu'elle eût ouvert le bec, Massey-Harris fit entendre sa bruyante désapprobation :

– Assez ! Cessez immédiatement cette scène ridicule. Quand j'entends des jeunes filles comme vous caqueter de cette façon, je me demande où l'on va. De mon temps, les poussins n'avaient

qu'à fermer leur bec. Sortez tout de suite de la cour ! Quant à toi, mon gaillard, continua-t-il en se tournant vers Sulfate, je m'étonne que tu n'aies rien de mieux à faire que de passer ton temps à agacer tes sœurs. Disparais, et tes frères avec toi, si tu ne veux pas tâter de mes ergots.

Resté seul avec sa femme, il lissa ses plumes ébouriffées, fit claquer deux fois son bec avec importance et jeta un coup d'œil discret à Spillers pour voir si elle appréciait cette belle démonstration d'autorité paternelle. Spillers, pensive, ne disait mot, et Massey-Harris était un peu déçu de son manque de réaction ; il commençait même à se sentir un peu honteux de sa sortie, car il était tendrement attaché à ses enfants, surtout à ses filles, au point d'en être un peu gâteux.

– Je me demande ce qui leur est passé par..., commença-t-il.

Mais sa femme l'interrompit :

– Attends, M.-H., dit-elle. Aide-moi une minute à réfléchir.

En fait, Spillers avait déjà réfléchi, de sa manière pénétrante, mais elle savait que faire appel à son mari lui ferait plaisir et le flatterait.

– Jouons à un petit jeu, poursuivit-elle. Je te

pose des questions et tu me donnes les réponses. De quoi les poules ont-elles besoin, à part de grain, de farine, de granulés et d'eau ?

– Ah ! dit Massey-Harris. Voyons, voyons... Les légumes verts sont plus que mangeables. Le chou de printemps... Le brocoli... La laitue, oui, surtout la laitue.

– Non, dit Spillers. Ce n'est pas de ça que je parle.

– Eh bien, les fruits, c'est délicieux ! dit Massey-Harris. Par ex...

Il s'interrompit au moment où il se rendit compte avec horreur de ce qu'il allait dire. « Oh, par ma crête et mon jabot ! pensa-t-il. J'ai failli mettre les pattes dans le plat et dire : “Les fraises”. »

– Non, dit froidement Spillers. Non.

– Ah, les vers ! se hâta de dire le coq. Les jolis vers bien gras et bien rouges qui se tortillent. Ils fondent dans le gosier.

– Non, non, non, dit sa femme.

– J'ai trouvé : les limaces ! s'écria Massey-Harris, la crête dressée d'excitation. Moi, j'adore les limaces. Ça craque sous le bec.

– Non, non, non, non ! fit Spillers avec impatience. Je ne demande pas ce que les poules aiment, je demande de quoi elles ont besoin.

– Euh, désolé, chère amie, s'excusa son mari, la crête basse. Cette fois, je vois de quoi tu veux parler. Elles ont besoin de petits cailloux.

– Et pourquoi les poules ont-elles besoin de petits cailloux ? reprit-elle.

– Attends, laisse-moi réfléchir, dit Massey-Harris, qui commençait à prendre goût à ce petit jeu maintenant qu'il y voyait une occasion de discourir de sa belle voix sur un sujet qu'il connaissait à fond – une occasion, en fait, de faire une conférence. Les poules ont besoin de petits cailloux pour deux raisons ; en outre, elles ont besoin de deux types de cailloux. Il faut comprendre, vois-tu, qu'il existe des cailloux solubles et des cailloux insolubles, c'est-à-dire une sorte qui se dissout et une qui ne se dissout pas.

Quand il jeta un coup d'œil à Spillers pour voir si elle appréciait sa prestation, elle ne fit aucun commentaire, mais elle semblait suivre son exposé avec une grande attention.

– Elles ont besoin de cailloux solubles, poursuivit-il, tels que le calcaire ou les coquilles d'huîtres dans lesquels elles trouvent le calcium qui donne de la solidité aux os de leur corps et aux coquilles de leurs œufs. Et elles ont besoin de cailloux insolubles tels que le silex, les graviers et les petits éclats de pierre de toutes sortes qui leur permettent de digérer correctement leur nourriture.

Il s'arrêta.

– Des questions ? demanda-t-il.

– Ces cailloux calcaires et ces coquilles d'huîtres, fit Spillers, dont tu dis qu'ils donnent des coquilles solides aux œufs, qu'est-ce qui se passe quand les poules n'en ont pas, ou pas assez ?

– Eh bien, répondit Massey-Harris en se grattant nerveusement le bas du cou avec la patte droite pour cacher son trouble, c'est ce qui fait, hum... euh, c'est ce qui fait les « coquilles molles », lâcha-t-il à voix basse.

– Donc, trop peu de ces cailloux solubles donne aux œufs des coquilles molles ? interrogea Spillers.

– Oui. Tu le sais très bien.

– Que donnerait la bonne dose de cailloux ?

– Mais, de bonnes coquilles, voyons !

– Qu'appelles-tu de bonnes coquilles ?

– Vraiment, ma chère... Mais... ni trop molles ni trop dures.

– Et maintenant, quel effet produirait une énorme, une monstrueuse, une fabuleuse quantité de cailloux ?

– C'est évident, répondit Massey-Harris avec impatience, ça rendrait les coquilles dures...

Il fit une pause et reprit avec excitation :

– Terriblement dures...

Il avala sa salive.

– Mortellement dures ! cria-t-il à pleine voix. Mais oui, mais oui, mais oui ! Pourquoi n'y ai-je pas pensé plus tôt ? Il faut donner tout de suite aux filles des rations de calcaire et de coquilles d'huîtres doubles, triples, quadruples. Les gaver d'autant de cailloux que leur jabot peut en contenir, tout en continuant le traitement dans la serre. Mais c'est bien sûr ! Par Chantecler, je suis heureux de t'avoir donné cette idée, ma chère.

– Et moi donc, dit doucement Spillers.

On procéda donc de la manière suivante. Pour approvisionner ses poules en calcaire et en coquilles d'huîtres, M. Fermier en mettait trois ou quatre vieilles caisses placées à divers endroits. On estima cependant que cela ne suffirait pas à

Ransome, Sims et Jefferies avec leur nouveau régime, à moins de priver les autres poules pondeuses de la basse-cour. Massey-Harris s'introduisit donc dans l'appentis dans lequel on gardait la nourriture des poules (le blé, la farine et les granulés dans de lourdes caisses qui les protégeaient des rats, mais les cailloux dans des sacs de papier) et, d'un coup de son bec solide, il éventra le fond d'un sac, tout contre le mur, là où la déchirure ne se remarquerait pas.

Et chaque jour, sans interrompre leur demi-heure quotidienne dans la serre, nos trois héroïnes se gavaient tant qu'elles pouvaient de cailloux durs, propres et argentés. Quand les humains disent que quelqu'un est endurci, ils veulent dire qu'il est plein de courage. Les trois sœurs n'allaient pas tarder à montrer qu'elles étaient endurcies, dans les deux sens du terme.

LA RÉSOLUE

Ransome, plus encore que ses sœurs, combinait les qualités les plus éminentes de ses parents. Avant tout, elle avait hérité de l'acuité d'esprit de Spillers sans cet excès de précautions avec lequel sa mère abordait chaque problème, et du courage de Massey-Harris sans la suffisance qui le caractérisait. Qui plus est, elle n'était pas seulement plus douée que Sims et Jefferies, elle le savait. Et, le plus important, elle n'en tirait aucune vanité. De plus en plus, tandis que sa famille et le reste de la basse-cour attendaient ce qui, tous le sentaient, serait le combat final, Ransome pensait beaucoup au rôle qu'elle aurait à jouer, rôle qui, elle en avait vivement conscience, serait déterminant. Bien entendu, elle ne savait pas exactement à quoi s'attendre, mais elle se doutait confusément qu'elle était destinée à livrer une lutte décisive contre l'ennemi.

Aussi, au lieu de se coucher avec les poules, après une toilette qui consistait à se gratter la tête, à se lisser les plumes et à se secouer, elle se perchait et réfléchissait, longtemps après que les autres se furent endormies. En dépit de ses évidentes qualités, quelque chose la tracassait maintenant depuis longtemps. De ses aptitudes physiques, elle ne doutait pas. De même que les poules de Bois-Renard étaient bien plus douées que les poules ordinaires, et que ses sœurs et elle étaient bien plus douées que le reste de la basse-cour, elle savait que pour la puissance, la vitesse, l'agilité et la précision, elle était la meilleure. Ce qui l'inquiétait, c'était qu'elle se rendait compte qu'en dépit de ses grandes qualités, comme toutes les poules de par le monde, elle était incapable de surmonter sa nature terriblement poltronne : elle avait toujours une peur panique des renards. Et peu à peu, parce qu'elle n'était pas seulement supérieure aux autres physiquement

mais aussi intellectuellement, elle finit naturellement par aboutir à une conclusion.

Comme tous les gens vraiment courageux, elle décida que le seul moyen de combattre la peur est de la regarder en face. Elle irait dans la forêt, trouverait les renards et les affronterait sur leur propre terrain. Elle en était sûre : c'était pour elle le seul moyen de s'armer du courage nécessaire pour le dernier acte.

Un matin donc, ferme et résolue, elle partit. Elle avait subi la séance dans la serre, pris sa ration supplémentaire de cailloux et, surtout, largué un œuf sur la bâche afin de partir à vide et de pouvoir se fier uniquement à sa puissance de vol et à son astuce. Elle n'avait pas parlé de son plan aux autres et s'était assurée que personne ne remarquait son départ. Faute de meilleure indication, elle suivit le chemin que les quatre renards avaient emprunté pour se replier le fameux jour où ils avaient sillonné la cour d'une manière si bizarre. Au bout de deux ou trois kilomètres de vol, elle aperçut exactement le genre d'endroit qu'elle cherchait. C'était une clairière herbue, grande comme un terrain de football, au cœur de la forêt ; et au milieu de cette clairière se dressait un hêtre solitaire ; elle descendit en planant et se percha sur les branches les plus hautes. En regardant plus bas, elle vit qu'une grosse branche avait poussé parallèlement au sol, à deux mètres cinquante de hauteur, c'est-à-dire juste hors d'atteinte d'un renard qui saute ; elle s'y laissa tomber, remit de l'ordre dans ses plumes et attendit.

Longtemps, il ne se passa rien. Ne cessant de tourner la tête, Ransome scrutait la ligne d'arbres qui encerclait la clairière. Comme tous les oiseaux, n'ayant pas d'odorat, elle ne pouvait compter que sur ses yeux, mais si elle avait été un écureuil, elle aurait senti l'odeur acide qui prouvait qu'un renard était caché derrière le tronc massif du hêtre. Il était sorti du bois en ligne droite, dissimulé au regard de la poule par le tronc. Mais avant qu'il eût pu décider quoi que ce soit, quatre, cinq, six faces au museau allongé apparurent le long de la lisière, du côté exposé au vent, irrésistiblement attirées par le fumet. Et peu après, une bonne douzaine d'adultes et quelques renardeaux déjà grands, assis en cercle brisé sous la branche de Ransome, la dévoraient des yeux en passant continuellement la langue sur leurs crocs blancs.

A ce moment, n'importe quelle poule, prise de panique, aurait filé à tire-d'aile pour s'échapper, ou serait simplement tombée, paralysée, entre les mâchoires qui l'attendaient. Et c'était ce moment que Ransome attendait, qu'elle recherchait, auquel elle n'avait cessé de penser. Il lui fallait maintenant les regarder droit dans les yeux,

l'un après l'autre, tous autant qu'ils étaient, et sans ciller. Et c'est ce qu'elle fit, sans autre mouvement que celui, régulier, de pencher la tête pour regarder chaque renard de son regard dur, froid, impassible ; et tous baissèrent les yeux, les uns en grondant, les autres en ricanant un peu, d'autres encore avec une sorte de soupir embarrassé.

Soudain, un grand mâle, celui qui s'était caché derrière l'arbre, prit son élan et bondit vers la petite poule ; mais ses mâchoires claquèrent un mètre en dessous de ses pattes, et tout ce qu'il eut pour sa peine fut un regard particulièrement glacial et pénétrant, suivi d'un énorme bâillement quand Ransome ouvrit tout grand le bec en signe de profond mépris.

Cette fois, les renards perdirent patience : l'un après l'autre, ils prirent leur élan, sautèrent et sautèrent encore, toujours sans succès, grondant, glapissant et se mordant même entre eux. Certains tentèrent de grimper le long du tronc, mais l'écorce lisse et luisante du hêtre ne leur offrait pas assez de prise pour qu'ils atteignent la fourche de la branche sur laquelle cet oiseau de malheur était assis.

De nouveaux venus sortirent du bois, attirés par le vacarme, et il y eut finalement deux douzaines de longs-museaux amateurs de poulet assis, couchés ou occupés à faire nerveusement les cent pas sous la branche. Ils se mirent à converser entre eux et, bien que Ransome ne comprît rien, car le vulpin est un langage complètement différent du gallinacé, elle écoutait les horribles voix grinçantes tout en se préparant pour la manœuvre finale.

– Maman, disait à sa mère le plus grand des renardeaux, il va bien falloir qu'elle descende tôt ou tard, n'est-ce pas ? Quand elle aura faim ou soif, je veux dire ?

– Petit ignorant ! lui répondit-on. C'est une poule de Bois-Renard. Elle vole. Quand elle en aura assez, elle s'envolera, tout simplement.

– Elle ne pousse aucun cri, on dirait ? demanda un autre renardeau.

– Oh, elles ne savent pas parler comme nous ! Tout ce que ces stupides créatures savent faire, c'est caqueter.

– Ce qui est quand même bizarre, dit un autre adulte, c'est que celle-ci ne semble pas du tout avoir peur de nous. C'est ce qui m'agace chez cette bestiole de malheur. Mais je crois que ça vaut la peine d'attendre. Il y a peut-être quelque chose qui cloche. Car qu'est-ce qu'elle peut bien faire ici, à des kilomètres de la ferme ?

Les quatre jeunes chasseurs étaient au nombre des spectateurs. De tous les renards qui se trouvaient là, c'était chez eux, qui gardaient encore frais à l'esprit le souvenir de leur festin, que l'impudence insensée de cette intruse solitaire sur leur territoire suscita la fureur la plus froide. L'un d'eux (l'une des deux femelles) vint se placer exactement au-dessous de Ransome. Elle se dressa alors sur les pattes arrière et dit d'une petite voix dure et tremblante de colère :

– J'ai le curieux pressentiment que nous allons nous revoir bientôt, toi et moi.

Ransome battit des paupières à la manière d'une chouette, puis la renarde retomba sur ses quatre pattes en grondant sourdement.

Comme cela faisait près d'une heure que Ransome était assise sur la branche du hêtre, elle se dit qu'il était temps de rentrer. Pour commencer, elle s'était prouvé qu'elle était prête au combat, qu'elle pouvait soutenir sans ciller le regard de feu des terribles yeux verts. Et puis elle ne voyait aucune raison de prolonger ce face-à-face, car son absence avait dû être remarquée et elle ne voulait pas que sa famille s'inquiète ; il n'était pas difficile d'imaginer son père qui, gagné par l'anxiété, envoyait partout des patrouilles de recherche, ce qui, par conséquent, affaiblissait la défense. Néanmoins, elle ne voulait pas se contenter de s'esquiver par la voie des airs, ce qui aurait été la solution de facilité. Pendant que ses adversaires parlaient, elle avait réfléchi, et finalement l'occasion qu'elle attendait se présenta d'elle-même. Les renards adultes étaient tous restés à attendre autour de l'arbre, à l'affût de la moindre occasion susceptible de récompenser leur patience ; mais les renardeaux, pareils à tous les enfants du monde, se lassèrent de rester inactifs et se mirent à faire des galipettes dans l'herbe. Seul à l'écart, le plus grand des renardeaux avait découvert un trou intéressant dont l'odeur de mulot lui chatouillait les narines. A cinq ou six mètres de l'arbre, le dos tourné et le museau enfoui dans le terrier, il offrait à Ransome une cible parfaite pour une dernière démonstration de mépris envers l'ennemi. Elle ouvrit d'un coup ses grandes ailes et quitta son perchoir, tel un aigle, pour filer droit vers la croupe du jeune renard isolé. Elle avait une telle puissance d'accélération qu'elle était presque à pleine vitesse quand elle le frappa, lui faisant faire un double tonneau et le laissant tout glapissant de peur.

Elle fit demi-tour et rasa la foule des renards qui gesticulaient en grognant, furieux mais impuissants, puis elle prit de l'altitude et, lorsqu'ils furent devenus de toutes petites formes rousses, elle prit le chemin de la ferme. Le résultat de l'opération avait dépassé ses espérances. En elle, la peur aussi était devenue toute petite.

L'ATTENTE

Le mois d'août était à présent presque écoulé, et la canicule implacable ne cessait pas. La réputation des trois poules d'élite s'était répandue à travers la basse-cour et, quant à leur plan actuel, c'était un secret de polichinelle. Le sentiment de fierté et d'orgueil, de confiance en soi et de mordant que leurs exploits inspiraient se manifestait partout. Quoique encore pleine de la peur des redoutables longs-museaux et toujours extrêmement circonspecte, chacune voulait apporter sa contribution ; toutes étaient décidées à riposter, à faire bravement face à l'adversaire au lieu de fuir à tire-d'aile comme elles l'avaient toujours fait. Pendant qu'elles attendaient, l'esprit « ils-ne-pas-seront-pas » gagnait de plus en plus les poules de

Bois-Renard, retranchées dans leur îlot de résistance cerné par les vallons sablonneux et les bois épais de ce coin de campagne.

Du haut de l'horloge de l'étable, Massey-Harris fit un discours inoubliable dans lequel il promit que les poules combattraient les longs-museaux dans la laiterie, dans la porcherie, dans le silo et sur le fumier.

– Nous ne nous rendrons jamais ! proclama-t-il.

Chaque jour, les coqs et les poules, les poulets et les poulettes et même les poussins tout juste couverts de leurs premières plumes se portaient volontaires auprès de la famille de Massey-Harris pour aider d'une manière ou d'une autre, n'importe laquelle, au moment de l'attaque. Grâce aux conseils avisés de leur mère, les neuf jeunes frères de Ransome, Sims et Jefferies avaient établi une chaîne de postes de guet tout autour de la ferme, et on avait désigné une section spéciale composée des volontaires doués de la vue la plus perçante pour s'y relayer. Sulfate et ses huit frères avaient chacun le commandement d'un poste ; chaque poste était si bien tenu et situé de telle manière que, tant que durait le jour, il aurait fallu le brouillard le plus épais ou l'averse la plus torrentielle pour qu'un renard pût approcher sans être vu. L'effet de surprise ne serait plus une arme aux pattes des renards. C'est aussi pour cette raison qu'on sélectionna parmi les combattants de la liberté un corps chargé des vols de reconnaissance destinés à passer au peigne fin tous les jours à l'aube chaque coin et recoin de grange, d'étable, de meule, de porcherie, au cas où l'ennemi, s'étant infiltré, se serait tenu en embuscade. Nul n'avait oublié la grande attaque.

Les journées radieuses succédaient aux journées radieuses, l'herbe dans les champs, autour de la ferme qui était sur le pied de guerre, devenait brune et sèche à force d'avoir soif de pluie, et, les arbres dépourvus de racines profondes, comme les hêtres et les bouleaux, commençaient à mourir. Il n'était plus question que de l'attaque prochaine. Allis-Chalmer et Alpha-Laval,

Bamford et Peugeot, Crosfield et Claas, tous ceux qui, à la basse-cour de Bois-Renard, portaient un nom illustre, ne parlaient plus que de cela. Les poussins à peine sortis du nid voletaient partout de façon désordonnée, et les vieux et les estropiés venaient aider dans la mesure de leurs moyens, même s'il ne s'agissait que de déterrer quelques vers supplémentaires pour les jeunes et les valides. Les patrouilles patrouillaient, les guetteurs guettaient...

Massey-Harris fit de nombreux autres discours électrisants, et Spillers veillait amoureusement sur le bien-être de ses trois filles, ces magnifiques machines volantes, qui monteraient à la bataille en première ligne.

Un jour, elle entendit un poussin qui, observant l'entraînement quotidien (la bâche était presque en lambeaux), ne cessait de dire à sa mère, une vieille poule nommée Dunlop :

– Maman, qu'est-ce que ces trois-là vont faire aux longs-museaux ?

– Les longs-museaux ? dit la brave poule qui avait gardé l'accent du pays. Je n'savions point ce que c'est. Pourquoi dame qu'on ne les appelle point par leur nom ? Des goupils ! Pour sûr, c'est la terreur qu'y vont leur faire connaître, aux goupils.

Et c'est ainsi (si l'on en croit la légende) que fut attribué à la gent gallinacée le titre honorifique de Terreur des Goupils.

Enfin, le jour vint où le fermier dut se résoudre à donner du foin à ses vaches laitières. Beaucoup de vaches n'avaient plus de lait parce qu'elles s'apprêtaient à vêler, mais le pis des autres se tarissait à cause du manque d'herbe tendre dans les champs jaunis. C'est pourquoi il ôta l'échelle à trente-deux barreaux, restée à côté du nid qui lui avait fourni des œufs pour son petit déjeuner pendant deux ou trois semaines, la rapporta dans le hangar et la replaça contre la meule de foin. Après avoir amené un tracteur et sa remorque, il

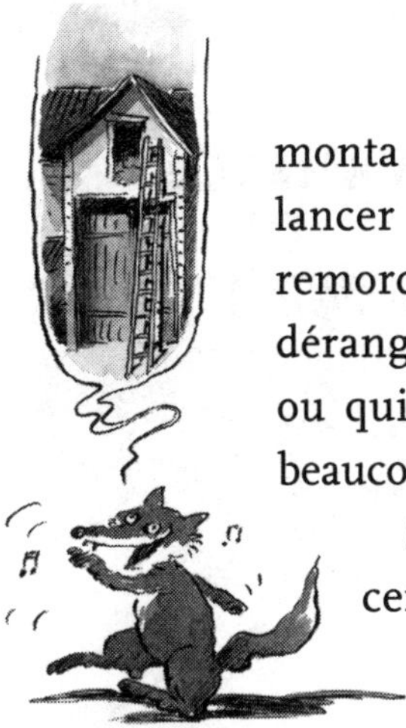

monta au sommet et commença à lancer des bottes pour charger sa remorque. Il était attentif à ne pas déranger les poules qui pondaient ou qui couvaient, et il en restait beaucoup.

Sans le vouloir, pour déplacer l'échelle, il avait choisi un moment où l'un des chasseurs l'observait ; et celle-ci (car il s'agissait d'une des femelles) remarqua ce changement. Des bâtiments dissimulaient à son regard perçant l'endroit où le fermier l'emportait, mais elle le devina sans hésiter. Elle fila annoncer la nouvelle aux autres.

– L'échelle est revenue ! haleta-t-elle en les rejoignant. L'échelle est revenue. Demain sera le jour J.

Et, le lendemain à l'aube, il se produisit quelque chose d'inhabituel. Ce fut Spillers qui, en s'éveillant, lança un cocorico sonore qui étonna toute sa famille et la plongea dans un grand embarras. Car une ou deux des poules les plus âgées, qui connaissaient les vieilles légendes, savaient que le cocorico d'une poule annonce la mort.

« La mort de qui ? » se demandaient-elles.

LA BATAILLE COMMENCE

Le hasard joue un grand rôle, non seulement dans la vie des hommes mais aussi dans celle des poules et des renards. C'était par pur hasard qu'une poule avait poussé son gloussement de satisfaction, après avoir pondu un œuf, au moment précis où M. Fermier sortait par la porte de derrière, la veille du jour où les renards avaient tenté une première attaque contre les nids du hangar.

De cet œuf pondu découlèrent directement les faits suivants : que l'attaque échoua ; que les vies d'un grand nombre de mères et d'enfants furent sauvées ; que par conséquent on évita un coup terrible porté au moral de la basse-cour ; que les renards ne furent pas en mesure de passer à l'action tant que l'échelle ne fut pas revenue à sa place ;

enfin que ce retard forcé donna à la famille des trois petites poules et à toute la basse-cour le temps d'achever leur entraînement, leurs essais et leurs préparatifs, ce qui accrut leur confiance en elles.

Toujours de ce même œuf pondu, il s'ensuivit aussi que, lorsque les renards lancèrent leur seconde attaque par l'échelle, ils furent confrontés à une situation tout à fait inattendue. Les poules ne savaient encore rien de la menace que l'échelle représentait, mais les renards ignoraient tout de la menace que représentaient les poules.

Aussi, le lendemain même, quand les renards se tapirent en file indienne derrière le bouquet touffu d'herbe de Saint-Jacques, attendant que le fermier sorte de la laiterie, ils ne se doutaient pas qu'ils avaient déjà été repérés de deux des neuf postes de guet, et ils ne firent pas attention au petit poulet (c'était Sulfate) qui volait silencieusement d'un arbre en bordure de la cour vers les bâtiments.

Il avait été décidé qu'on ne pousserait aucun cri en apercevant l'ennemi mais que, avant l'engagement de la bataille, les sentinelles seraient autorisées à se replier, de préférence à l'endroit que les poules elles-mêmes auraient désigné.

Après la conférence d'état-major qui avait suivi la dernière et étrange incursion, on avait envoyé des éclaireurs pour essayer de reconstituer l'itinéraire par lequel les renards étaient arrivés – ce qui fut fait sans difficulté en suivant les touffes de poils roux que les renards avaient perdues, dans leur précipitation, si bien que tous avaient acquis une parfaite connaissance de la haie, du fossé asséché, du trou de drainage et de l'étroit passage.

Supposant que les longs-museaux prendraient le même chemin (c'était un pari pris par les poules, mais le meilleur plan de bataille comporte toujours une part d'incertitude), on décida qu'au moment où les assaillants s'y attendaient le moins (c'est-à-dire au moment où ils feraient irruption dans la cour), tous les volatiles disponibles se

précipiteraient vers eux, aussi près que possible et en faisant le plus de bruit possible. Trois bénéfices étaient attendus de cette tactique : alerter le fermier et les chiens, semer la confusion et même l'effroi dans les rangs des renards, et diviser les assaillants de manière à offrir des cibles isolées aux foudroyantes attaques en piqué des trois intrépides bombardiers.

Au signal de Sulfate, une escouade de cadets éclaireurs spécialement désignés transmit la nouvelle avec calme et promptitude à tous les combattants, et chacun gagna son poste. Deux sentinelles restèrent à chaque poste de guet au cas où l'itinéraire des renards serait modifié, pendant que les autres, y compris les chefs, s'envolaient pour rejoindre le corps principal. Spillers et Massey-Harris prirent leur commandement au sommet du silo à grain, le plus haut des bâtiments. Et sur la poutre faîtière de la grange s'installèrent les trois sœurs, chargées de leur œuf du jour ; elles étaient au mieux de leur forme, parfaitement entraînées, prêtes à un décollage immédiat. Dans toute la cour, les toits étaient noirs de poules à la mine grave et déterminée.

L'horloge de l'étable qui sonnait neuf heures rompit le silence et, peu de temps après, le fermier sortit de la laiterie, apparut à la vive lumière d'une journée déjà chaude, et prit le chemin de la maison, suivi de ses chiens. Une minute plus tard, l'une des deux sentinelles qui étaient restées au poste de Sulfate annonça la nouvelle que les renards s'étaient mis en route, et son camarade, le suivant de peu, alla directement au poste de commandement. Là, presque aussitôt, Massey-Harris lança un cocorico sonore. Ce signal convenu, connu de tous, indiquait que les renards avaient atteint l'étroit passage.

Tout était prêt.

LE COMBAT FINAL

Au moment où les renards qui venaient de surgir effectuaient leur virage pour se retrouver face à l'échelle, l'air s'emplit de douzaines et de douzaines de poules piquant, fondant, battant des ailes et poussant toutes à plein gosier leur cri d'alarme suraigu dont elles faisaient maintenant leur cri de guerre.

– Long-long-long-museau ! Long-long-long-museau ! Long-long-long-long-long-museau ! hurlaient-elles, et ce vacarme était si assourdissant que M. Fermier se leva de table la bouche encore pleine, ses chiens sur les talons et le fusil à la main.

Les renards, désorientés par la cohue, le bruit et les battements d'ailes, ainsi que par les coups de bec et de griffes que les poules les plus hardies leur décochaient à la faveur de leurs piqués, de leurs sauts et de leurs pirouettes, se dressaient sur les pattes arrière en grondant pour mordre ou décocher des coups de patte.

Dans le camp de la basse-cour, plusieurs roulèrent dans la poussière et, après avoir gesticulé en tous sens, rendirent le dernier soupir, mais celles qui restaient formaient encore un nuage hurlant qui s'agitait sous le nez des assaillants, les maintenant non loin du passage d'où ils avaient débouché.

Après peut-être une minute de ce tohu-bohu, l'un des renards fit une percée et, laissant les autres se battre contre les poules, il (car il s'agissait d'un mâle) fonça vers l'échelle à trente-deux barreaux. Là, posément, lestement, mettant à profit les heures passées à s'entraîner dans l'abri des mulots, il entreprit l'ascension.

Au cours des cinq secondes qu'il lui fallut pour parvenir à mi-hauteur, les observateurs du poste de commandement se rendirent compte avec un frisson d'horreur : d'abord que les renards montaient aux échelles, et ensuite que les mères et leurs bébés, sur les bottes de foin les plus hautes, couraient un terrible danger, un danger de mort.

Sous leur regard pétrifié, ils virent alors une forme se lancer du toit de la grange, les ailes vrombissantes, et fondre sur le renard qui était à présent à trois barreaux du sommet.

Ils virent aussi la petite poule (c'était Sims) se mettre sur l'aile et larguer son œuf avec un maximum de puissance ; et, soudain, en un éclair, au moment précis où sa tête atteignait le niveau des dernières bottes de foin, le long-museau eut les pattes qui se raidirent, puis un sursaut, puis tomba à la renverse, puis s'écrasa dans la cour.

Sims avait parfaitement mené son attaque : elle avait frôlé le dos du renard qui grimpait et son œuf avait frappé le prédateur en plein dans les côtes, un œuf aussi dur que le granit des falaises au bord de la mer et qui, comme on le constata plus tard en le ramassant pour l'examiner, n'avait qu'une fêlure à peine visible sur sa coquille lisse et brune. La serre et les petits cailloux avaient fait leur œuvre. Avant que le renard, étourdi par le choc et par la chute, ait pu recouvrer ses esprits, sa carcasse pantelante avait disparu sous un nuage de coqs, escouade

spéciale au bec pointu et aux ergots crochus que Massey-Harris avait gardée en réserve précisément en prévision de cet instant. Et c'est ainsi que, succombant à leurs furieux coups de bec, de griffes et d'ergots, le premier renard mourut.

Entre-temps, un deuxième assaillant, une renarde, réussit à échapper à la nuée de volailles qui s'était abattue sur les quatre maraudeurs. Dans l'affolement général, la renarde n'avait rien vu du terrible sort réservé à son frère et se précipita au pied de l'échelle.

Jefferies, qui avait décollé depuis peu, se laissait planer dix mètres au-dessus du toit du hangar quand elle vit la renarde entreprendre l'escalade. Elle fondit sur elle à la verticale, si bien que les spectateurs crurent qu'elles allaient se fracasser la tête l'une contre l'autre. Au dernier moment, la petite poule remonta et on put voir son bec ouvert lancer le cri de victoire : « Œuf largué ! »

Au même instant, le projectile frappa la renarde en plein sur le long museau qui représentait aux yeux des poules ce qu'elles haïssaient le plus

chez leurs ennemis ; la bête perdit pied et dégringola jusqu'au sol, se releva en titubant mais tomba de nouveau sous les coups d'une foule de becs et d'ergots mortels.

Toujours plus nombreuses, les poules arrivaient de partout et s'acharnaient à coups de bec et d'ongles sur les ennemis tombés, ivres de vengeance, se souvenant non seulement du massacre de la serre mais aussi de tous ceux qui étaient tombés sous les crocs des renards depuis des années.

Finalement, même celles qui étaient chargées de tenir en respect les renards abandonnèrent les deux derniers et se joignirent à la curée. Pantelants et hirsutes, ne sachant plus ni ce qui s'était passé ni quoi faire, le frère et la sœur restèrent plantés au milieu de la cour, les oreilles couchées, les babines retroussées sur leurs longues canines. Après un temps d'indécision, la femelle amorça un mouvement de retraite, mais son frère resta là, tout seul au milieu de la basse-cour, à gronder de colère et de dépit en voyant cette foule de poules grouiller sur les dépouilles des morts.

Pour Spillers, toujours au poste de commandement, c'était un instant crucial. La bataille était à demi gagnée, mais on avait perdu le contrôle des troupes. Comment reprendre en main les poules ivres de vengeance ? Et, si elle y parvenait, devrait-elle les lancer contre le mâle, quitte à laisser la femelle, qui déjà longeait furtivement le grand bassin, s'échapper sans être inquiétée, ou trouver un moyen de former deux bataillons chargés d'attaquer chacun un ennemi ? Malgré ses qualités de commandant, elle hésita un instant, au bord de la panique. Mais son commandant adjoint avait sans doute opté pour la meilleure, la seule attitude possible.

En assistant aux exploits de sa fille, en voyant la chute des deux premiers renards, en entendant des cris rauques s'élever de la mêlée au pied du hangar, Massey-Harris sentit le sang de ses ancêtres sauvages bouillir dans ses veines. Il avait peut-être toujours été un fanfaron au sang chaud, prompt à donner de la voix, et pas le coq le plus délicat de la basse-cour, mais il y avait une chose dont il ne manquait pas, c'était de courage. Et là, à la vue de ce dernier misérable renard qui le défiait encore au milieu de sa basse-cour, il sut qu'il n'y avait qu'une seule chose à faire. Juché au sommet du haut silo à grain, Massey-Harris se redressa de toute sa hauteur, étendit ses grandes ailes, rejeta la tête en arrière et lança son cri de guerre :

– Cocorico hallali !

Et, sans attendre que Spillers fasse un geste pour le mettre en garde ou le retenir, il se lança dans le vide, puissant et rapide, et fondit sur le renard.

Avant que son adversaire ait pu bouger, Massey-Harris était déjà sur lui ; ses plumes ébouriffées et ses ailes déployées le faisaient paraître deux fois plus grand et, les serres enfoncées dans la fourrure du fauve, en dépit des morsures, il frappait et frappait encore.

Tandis que toutes les poules tournaient les yeux vers ce combat singulier et héroïque, M. Fermier, au coin de la laiterie, pointa son fusil et, voyant, à ce qu'il crut, un renard attaquer l'un de ses coqs, il tira ses deux cartouches sur les combattants. Le renard tomba raide mort, et sur son

corps sans vie s'abattit la forme inerte du brave commandant adjoint. Massey-Harris leva une fois la tête comme pour regarder sa femme, au sommet du silo, et son bec s'ouvrit, lentement. Mais aucun son n'en sortit, sa tête retomba et il ferma les yeux pour toujours.

Au bruit du fusil, tous les oiseaux en état de voler prirent l'air et, s'élevant au-dessus des bâtiments, virent le seul survivant, la dernière femelle, courir de toutes ses forces vers la forêt.

La bataille de la basse-cour était une victoire éclatante, mais pas encore complète. C'est à ce moment que, pour la seconde et dernière fois de sa longue vie, Spillers poussa un puissant, puissant cocorico :

– Haro ! Haro ! Haro !

Tel fut son cri, signal d'une mort prochaine et, laissant le fermier, perplexe, se gratter la tête, elle passa fièrement au-dessus de la dépouille de son mari et s'éleva pour suivre les traces de son adversaire, tandis que le ciel au-dessus de la cour se vidait à mesure que les autres la suivaient.

La renarde courait pour sauver sa vie. La fierté et la hardiesse avaient cédé la place à l'irrésolution et au doute, mais tout ce qu'elle ressentait à présent, c'était la peur. Consciente que sa seule chance d'échapper au nuage de poules qui la poursuivait était d'atteindre la lisière de la forêt, elle galopait ventre à terre vers les arbres. Un coup d'œil par-dessus son épaule la rassura ; elle avait apparemment une avance suffisante, car les poules ne semblaient pas gagner de terrain ; mais le coup d'œil suivant lui montra l'essaim qui s'ouvrait par le milieu et un oiseau qui

se détachait à une vitesse stupéfiante. La renarde fit un effort désespéré pour franchir les vingt derniers mètres.

Ransome, qui avait assisté aux hauts faits de ses deux sœurs dans la bataille, avait attendu avec confiance l'heure de jouer ce rôle décisif auquel elle se savait depuis longtemps destinée. Dès qu'elle vit la survivante tenter de s'éclipser, elle décolla du toit de la grange et monta en chandelle pour prendre le plus d'altitude possible. Elle était encore en train de monter quand elle entendit le coup de fusil et elle vit, de son regard perçant, la mort de son courageux père, mais elle ne faiblit pas. Ce spectacle l'emplit au contraire d'une froide et implacable détermination, au moment où elle se lança d'une hauteur de deux cents mètres.

Le gros des poules était déjà au milieu du champ, mais l'élan que l'altitude ajoutait à sa grande puissance de vol lui donnait une vitesse bien supérieure à la leur. Elle leur cria de la laisser passer, et elle fila comme une torpille au moment où elles se retiraient, pareilles à l'eau qui s'écarte sous la mince étrave d'un croiseur, toujours plus vite, toujours plus bas, chaque battement d'ailes la rapprochant de la renarde au galop.

A moins de cinq mètres de la lisière, les deux silhouettes, l'une brunâtre, l'autre roussâtre, semblèrent aux yeux des poursuivants se confondre un instant puis la forme brune s'élança sauvagement vers le ciel, frôlant presque les arbres, et la rousse resta étendue sur l'herbe.

Quand les poules de Bois-Renard atteignirent le théâtre du drame, la forme rousse gisait toujours et, après s'être posées en un large cercle, elles virent qu'elle avait eu la nuque brisée par un objet dur, très dur. Entourée de ses fils, Spillers regardait sans rien dire la renarde morte.

– Comme papa aurait été fier ! dit Sulfate, qui se tenait contre l'aile droite de sa mère.

Et ses huit frères lui firent écho avec orgueil :

– Fier ! Fier ! Fier !

Spillers prit enfin la parole :

– Regardez, dit-elle à sa famille et à toute la basse-cour. Regardez là-haut.

Loin au-dessus d'elles, la forme brune avait été rejointe par les deux autres formes brunes. Les trois silhouettes volèrent en ligne au-dessus des spectateurs, l'aile droite levée, l'aile gauche baissée, et elles décrivirent une grande boucle triomphale.

Les quatre renards avaient succombé.

S'il y eut des yeux perçants sous le couvert de la forêt pour regarder cette scène finale extraordinaire, s'il y eut des longs-museaux pour découvrir le corps dans le champ et les trois autres qu'on avait jetés par-dessus la clôture, ou s'il y eut des oreilles pointues pour entendre la nouvelle que les coqs de la basse-cour répandaient triomphalement, je ne le sais pas. Mais je sais qu'à dater de ce jour la ferme de Bois-Renard jouit d'une paix sans nuage.

On ne vit plus jamais de patrouille à l'aube au milieu des bâtiments, plus jamais de sentinelles aux postes de guet, plus jamais personne dans la serre, et plus jamais on n'entendit le cri de : « Long-long-long-museau ! »

Ransome la Résolue, Sims la Sérieuse et Jefferies la Joyeuse, Spillers maintenant veuve, Sulfate et ses huit frères, et toutes les autres fabuleuses poules volantes vécurent et prospérèrent sans jamais revoir un seul long-museau amateur de poulet venu des vallons sablonneux et des bois épais de ce coin de campagne.

Table des matières

L'auteur

Dick King-Smith est né en 1922, à Bitton, petit village d'Angleterre. Fermier durant de nombreuses années, après avoir été soldat, vendeur, ou encore employé dans une usine de chaussures, vers l'âge de cinquante ans, il devient instituteur dans une école primaire des environs de Bath. A cinquante-quatre ans, il publie son premier livre pour la jeunesse, *Babe, le cochon devenu berger*. Le succès est immédiat et plus d'une soixantaine de romans suivront.

Maquette : Karine Benoit
Loi n°49-956 du 16 juillet 1949
sur les publications destinées à la jeunesse
ISBN 2-07-055096-6
Numéro d'édition : 134698
Dépôt légal : mai 2005
Imprimé en Espagne
par Novoprint (Barcelone)